Poemas dos becos de Goiás e estórias mais

**Obras de Cora Coralina
publicadas pela Global Editora**

Adultas

CORA CORAGEM CORA POESIA*

DOCEIRA E POETA

ESTÓRIAS DA CASA VELHA DA PONTE

MELHORES POEMAS CORA CORALINA

MEU LIVRO DE CORDEL

O TESOURO DA CASA VELHA

POEMAS DOS BECOS DE GOIÁS E ESTÓRIAS MAIS

VILLA BOA DE GOYAZ

VINTÉM DE COBRE

Infantis

A MENINA, O COFRINHO E A VOVÓ

A MOEDA DE OURO QUE UM PATO ENGOLIU

ANTIGUIDADES

AS COCADAS

CONTAS DE DIVIDIR E TRINTA E SEIS BOLOS

DE MEDOS E ASSOMBRAÇÕES

LEMBRANÇAS DE ANINHA

O PRATO AZUL-POMBINHO

OS MENINOS VERDES

POEMA DO MILHO

* Biografia de Cora Coralina escrita por sua filha Vicência Brêtas Tahan.

Cora Coralina

Poemas dos becos de Goiás e estórias mais

São Paulo
2023

global
editora

© Vicência Brêtas Tahan, 2011

24ª Edição, Global Editora, São Paulo 2023

Jefferson L. Alves – diretor editorial
Flávio Samuel – gerente de produção
Victor Burton – capa
Equipe Global Editora – produção editorial e gráfica

Dados Internacionais de Catalogação na Publicação (CIP)
(Câmara Brasileira do Livro, SP, Brasil)

Coralina, Cora, 1889-1985
  Poemas dos becos de Goiás e estórias mais / Cora Coralina. –
24. ed. – São Paulo : Global Editora, 2023.

  ISBN 978-65-5612-508-4

  1. Poesia brasileira I. Título.

23-161421   CDD-B869.1

Índices para catálogo sistemático:
1. Poesia : Literatura brasileira   B869.1

Cibele Maria Dias - Bibliotecária - CRB-8/9427

Obra atualizada conforme o
NOVO ACORDO ORTOGRÁFICO DA LÍNGUA PORTUGUESA

Global Editora e Distribuidora Ltda.
Rua Pirapitingui, 111 – Liberdade
CEP 01508-020 – São Paulo – SP
Tel.: (11) 3277-7999
e-mail: global@globaleditora.com.br

  grupoeditorialglobal.com.br   @globaleditora
  /globaleditora   @globaleditora
  /globaleditora   /globaleditora
  blog.grupoeditorialglobal.com.br

Direitos reservados.
Colabore com a produção científica e cultural.
Proibida a reprodução total ou parcial desta
obra sem a autorização do editor.

Nº de Catálogo: **1405.NE**

Cora Coralina dispensa legendas. É ela a própria legenda de uma época e de uma história: de quase um século de vivências poéticas do mais puro dos Brasis, o Brasil do Interior, Brasil Central, Brasil-Coração.

Importante Saber

Constitui honra muito lisonjeira para a Global Editora oferecer aos brasileiros de todos os quadrantes a genuína poesia que brotou em Goiás, coração do Brasil – da sensibilidade mágica de Cora Coralina, lançando agora a 24ª edição de seu *Poemas dos becos de Goiás e estórias mais*.

O que pretende a Global é dar ressonância nacional e continuidade ao trabalho e à consciência pioneira dos ilustres colegas no campo do livro, a José Olympio Editora e a Editora da Universidade Federal de Goiás, que conservam o expressivo mérito de terem lançado as edições anteriores. A primeira edição saiu pela José Olympio em 1965. A segunda e a terceira foram lançadas respectivamente em 1978 e em 1980 pela Universidade Federal de Goiás, na Coleção Documentos Goianos.

Aos editores de origem unem-se os atuais no firme propósito de se manterem fiéis à razão maior, que a todos motivou e motiva, de divulgar ao máximo, Brasil afora, a poesia telúrica e histórica de Cora Coralina.

E é por este simples e único motivo, que esta edição vai conservar, sem nada modificar, o texto "Cora Brêtas – Cora Coralina", de J. B. Martins Ramos, a apresentação inspirada de Oswaldino Marques, "Cora Coralina, Professora de Existência" e, particularmente, "Duas Palavras Especiais", de Cora Coralina.

Todas estas páginas, que antecedem os escritos propriamente ditos de Cora Coralina neste volume, trazem, para os leitores de todo o Brasil, uma ambiência tipicamente goiana, uma moldura de terra-mãe de Coralina, um perfume planaltino leve e oxigenado, muito permeado de emoções domésticas das gentes de Goiás.

Numa palavra, a Global quer, única e exclusivamente, prestar um serviço cultural a Goiás e ao Brasil, certa de que tornar conhecida e amada a poesia de Cora Coralina é tornar conhecidas e amadas a Terra e a Gente de Goiás.

Mais. Este livro tem o horizonte do humano sem fronteiras. É comovente ler, neste sentido, a página com que Cora Coralina abre seus poemas. Nela o livro assume a dimensão do universal.

Os editores

Cora Brêtas – Cora Coralina

> Miniaturista de mundos idos, que assim ela eterniza.

Creio em um espírito ontogênico, criador de cada coisa. E em que o espírito da literatura se anda condensando para se corporizar em um ser, algum dia. Poderá demorar; mas, realizado, o seu poder supra-temporal lhe trará os olhos até a "Oração do Milho", neste livro, e este poema irá estar, para sempre, na Roça de Exemplos do mundo literário. Será semente. Com a mesma humildade meta-humana dos seres criados para povoar o infinito inespacial.

Da mesma origem ontodinâmica brotaram alguns outros poemas aqui apresentados como um testemunho. Apresentados de um modo que é bom indicar – não vá alguém perder esse valor ao ler esta Cora Brêtas, sutilíssima quanto surpreendente e poderosa.

Bastarão algumas indicações. Veja-se o primeiro poema.

Vive dentro de mim – É a autora que se coloca diante das lembranças-imagens que guardou para olhar e para um dia expor, como agora expõe, na exposição que abriu neste livro, a fim de as apresentar todas. Guardou--as para deixá-las à gente nova, como declara: a que já não poderá ver os originais, que o tempo levou.

Cora Brêtas se fez viva, o museu vivo, só de coisas vivas, no qual ela assume para sempre a função de guia. Aqui está ela, mostrando, dentro de si:

"Aquela ali, é uma cabocla velha. Aquela é a lavadeira do Rio Vermelho. Aquela é a mulher cozinheira (aqui ela teceu o símbolo, que expõe). Aquela ali (é outro símbolo) é a mulher do povo (ela os compõe, a traços expressionistas). Aquela ali é a mulher roceira. A outra, é a mulher da vida." Todas são vidas que ela, dentro de si, vai mostrando – com o dedo, fingindo de caipira, para deixar à vontade os visitantes simples. Entre simples, como simples ela viveu, vive e quer sobreviver.

Em "Minha cidade", os próprios protagonistas se apresentam, já, eles mesmos – ficaram donos do tema, donos do livro.

"Antiguidades" é um filme cheiroso, tátil, palateado, sonoro e colorido, de costumes, de psicologia e didática doméstica dos tempos idos.

Os outros poemas têm ainda outros valores, alguns inesquecíveis. É uma surpresa e um gosto notar os conhecimentos da vida rural expressos e implícitos em muitos deles. O leitor, preparado, os descobrirá.

O aviso é este: leia de fininho, decidido a bisbilhotar.

Quando os folcloristas, os historiadores, os sociólogos, os psicólogos e os memoralistas atingirem ao nível do registro com arte, preservada a realidade, estarão chegando ao plano precursor que estes poemas alcançaram.

Algumas concessões devem ser-lhes feitas quando deixa de ser sublime, algures.

Cora Coralina – autora – prometeu algo diferente ao leitor, e cumpriu tudo – em forma e conteúdo: estórias, lendas, tradições, sociologia, folclore de nossa terra e história, com uma delicadeza de mulher, um bom humor de mulher pura e uma nitidez de mulher sábia – miniaturista de mundos idos, que se revela – intimidades pessoais e sociais que ela assim eternizou.

J. B. Martins Ramos

Cora Coralina
Professora de Existência

Para a poetisa goiana, Cora Coralina, existir é uma maneira de resistir, coexistir, transistir. Sua vitalidade, ela suga-a de um profundo enraizamento tribal e telúrico, colorido por uma desafetação e verve de intenção que eu diria séria, tal a postura pedagógica que inconscientemente assume, de Mestra de todos nós, de propedeuta de vida. Livre, turbulenta, receptiva, cultivadamente rude, ergue-se das matrizes do seu belo livro *Poemas dos becos de Goiás e estórias mais* como matriarca provida de tenazes liames carnais e espirituais com as castas de sua gente. Assim como Juana de Ibarbourou foi cognominada Juana da América, assim a nação do planalto brasílico deveria, numa festa de consagração nativista, rebatizá-la Cora dos Goiases, o que, ou muito me engano, lhe saberia ao seu mais constelado galardão. Ela é, à sua maneira, da estirpe das Gabriela Mistral, das Rosália de Castro. Às vezes parece um Whitman interiorano, de cabeção e saia *(... I am the most venerable mother, / how clear is my mind – how all people draw nigh to me)*. Às vezes semelha um

13

desses anônimos mestres de arte toreuta estoriando em painéis inavaliáveis a saga popular.

Não fora o providencial acaso de emprestar-me o *Poemas* uma amiga, professora Dulce Mota Burlamaqui, provavelmente jamais viria a desfrutar do convívio artístico com a autora de "Oração do Milho", o que bem atesta a urgente necessidade de retirar a rapsoda do limbo em que sofre o seu outono exemplar. Até então, só conhecia de sua lavra o desabusado e tocante "Todas as Vidas", que a romancista Maria Ramos em boa hora fez publicar no "Caderno Cultural" do *Correio Braziliense* de 17/5/1969, com um retrato a bico de pena de Uragami. Essa mostra, seja dito, aguçou-me o desejo de familiarizar-me com outras produções de quem, sob a aparência de uma tosca e impertinente expressão, tão astutamente me ligava ao cerne da poesia por filamentos capilares muito bem embebidos na carnação do verso. Minha expectativa foi em cheio satisfeita com o saboreamento dos demais trabalhos enfeixados em *Poemas*, obra que constitui, sem favor algum, das mais bem sucedidas invenções da sensibilidade feminina do nosso país.

Nestes tempos de experimentalismo, de vanguardas à *outrance*, é bom logo advertir que enveredaria por descaminho quem saísse à cata, nas páginas coralinas, de malabarismos invencioneiros e pelotiquices outras. Beiradeando mais o lado da realidade do que o da linguagem, ela ensaia preferentemente a polpa de suas vivências, ou melhor dito, os dados da sua circunstância concreta. Se não inova, repoetiza – e com que convincentes poderes! – dilatados espaços brasileiros, sem deixar, por isso, de restabelecer o tráfego com a universalidade do humano.

Conquanto livres os seus ritmos, quase dissolutos os seus números, a valência do léxico presente a *Poemas* pende mais para a densidade arcaizante, a sedimentação primitiva do idioma. O sabor, assim prevalecente, é nitidamente castiço, terso, de boa cepa vernácula. É sábio, todavia, o matizamento logrado mediante o uso de considerável cópia de regionalismos que, sobre responderem por esplêndidos efeitos sonoros, estilísticos, robustecem a confiança do leitor na consumada ciência ambiental, ecológica, de quem, como a poetisa, maneja com absoluta perícia o instrumental denotativo da região. Ao lê-la pensamos, não raro, num Guimarães Rosa transposto para a poesia de Goiás. É extraordinária a maneira como absorve, assimila o tempo e a geografia desse perdido paraíso dos trópicos, reofertado a nós em sua autenticidade inaugural.

Os tons elegíacos e ódicos alternam-se no instrumento de Cora Coralina, pois estamos em presença não apenas de uma restauradora de crepúsculos, mas também de uma anunciadora, de uma celebradora de adventos, de fundações de urbes e de novas formas de convívio. É o que atesta, por exemplo, "Cântico de Andradina", com uma nítida abertura para a identificação grupal, a adesão aos júbilos coletivos. A poetisa sai do seu casulo, enleva-se com a polifonia da construção de uma cidade e entoa seu hino de certezas.

As produções reunidas em *Poemas* podem ser classificadas, *grosso modo*, sob duas rubricas: documentos e criações líricas. Não pense, contudo, que mesmo as que se enquadram sem esforço no primeiro item se confundam com relatórios, com insípidas páginas cartorárias. A resina aromática da poesia neutraliza o mofo dos sarcófagos do passado e suscita a sua ressurreição graças ao sortilégio da palavra balsâmica.

São documentos à medida que funcionam como traslado dos gestos e dos vínculos ritualizados do grupo social, no seu defrontear intersubjetivo. "Vintém de Cobre", por exemplo, é um registro do estatuto familiar, das relações de classe, da fetichização da poupança doméstica, assim como o é, também, "Beco da Vila Rica", felicíssimo *croquis* urbano. "Evém Boiada" grava, em lavor de entalhe, a lida pecuária, as vicissitudes da vida rural. Dado o propósito dominante de fixação do comportamento coletivo, os poemas referidos se avizinham mais da crônica estoriada, com o descritivo, o factual, o denotativo a denunciarem os contornos da prosa. A tensa expressividade, todavia, da linguagem de Cora Coralina, o seu à vontade demiúrgico *in medias res*, a tomalização algo sacralizadora que emulsiona o seu verso, restabelecem os direitos da poesia.

Já desse equilíbrio precário não se ressentem poemas como "O Prato Azul-Pombinho", "Estória do Aparelho Azul-Pombinho", "Pouso de Boiadas", em que a informação e o lirismo se enviscam com solda tão potente que, de pronto, espancamos as nossas desconfianças e nos rendemos jubilosos ao doce jugo da artista.

"O Prato Azul-Pombinho", uma das mais belas realizações da coletânea, exibe a singularidade de constituir um poema dentro do poema, ambos desdobrados em dois enleantes motivos, com a aclimatação do exótico oriental ao exótico brasílico (sim, esse sentimento também nos frequenta!), tudo penetrado do saboroso tom conversacional da escritora.

Das criações eminentemente líricas, é justo salientar "Rio Vermelho", "Velho Sobrado", transubstanciação do tempo em matéria emocionada, "O Palácio dos Arcos", túrgido de vivências brasileiras, de agenciante poder descritivo sem prejuízo da expressividade, "Caminho dos Morros", reminiscente de "O Recado do Morro", de Guimarães Rosa, e "A Jaó do Rosário".

Merece referência à parte o magnifico "Poema do Milho", precedido de "Oração do Milho", ambos de esplêndida concepção e fatura, a reter em sua unida teia imagética alto teor de poesia. A "Oração" é, como convém, devocional repassada de um toque bíblico. Inscreve-se em sua textura um lapidar verso: "Não me pertence a hierarquia tradicional do trigo". O "Poema do Milho" é antológico, indiscutivelmente a obra-prima de Cora Coralina. Nele se contém talvez a mais brilhante poetização da febre genésica vegetal que conheço. É de ver a arte consumada com que a Autora goiana transmuta a sua ciência do cultivo da terra em superior, lídima poesia.

"E o milho realiza o milagre genético de nascer./ Germina. Vence os inimigos./ Aponta aos milhares./ Seis grãos na cova./ Quatro na regra, dois de quebra./ Um canudinho enrolado. Amarelado pálido,/ frágil, dourado, se levanta. Cria substância./ Passa a verde./ Liberta-se. Enraíza./ Abre folhas espaldeiradas./ Encorpa. Encana. Disciplina,/ com os poderes de Deus".

Só uma mulher encharcada de labuta das roças, mas conservando intacta a sua feminilidade, poderia, num passe de mágica, descerrar a nossos olhos o desenvolvimento gestatório do milho como farândolas de *Jeunes Filles en Fleurs*, quase um desfile de manequins em passarelas sofisticadas... "Milho embandeirado/ bonecando em gestação./ Senhor!... Como a roça cheira bem!/ Flor de milho travessa e festiva./ Flor feminina, esvoaçante, faceira./ Flor masculina – lúbrica, desgraciosa./ Bonecas de milho túrgidas,/ negaceando, se mostrando vaidosas./ Túnicas, sobretúnicas.../ Saias, sobre-saias.../ Anáguas... camisas verdes./ Cabelos verdes.../ Cabeleiras soltas, lavadas, despenteadas.../ O milharal é desfile de beleza vegetal."

"Cabeleiras vermelhas, bastas, onduladas./ Cabelos prateados, verde-gaio./ Cabelos roxos, lisos, encrespados./ Destrançados./ Cabelos compridos, curtos,/ queimados, despenteados.../ Xampu de chuvas.../ Fragrâncias novas no milharal./ Senhor, como a roça cheira bem!... Boneca de milho, vestida de palha.../ Sete cenários defendem o grão./ Gordas, esguias, delgadas, alongadas./ Cheias, fecundadas./ Cabelos soltos, excitantes./ Vestidas de palha./ Sete cenários defendem o grão./ Bonecas verdes, vestidas de noiva./ Afrodisíacas, nupciais... De permeio algumas virgens loucas.../ Descuidadas. Desprovidas./ Espigas falhadas. Fanadas. Macheadas... Cabelos verdes. Cabelos brancos./ Vermelho--amarelo-roxo, requeimado.../ E o pólen dos pendões fertilizando.../ Uma fragrância quente, sexual, invade num espasmo o milharal."

"A boneca fecundada vira espiga.
Amortece a grande exaltação.
Já não importam grandes cabeleiras rebeladas.
A espiga cheia salta da haste.
O pendão fálico vira ressecado, esmorecido,
no sagrado rito da fecundação."

Sei que Cora Coralina assiste, serena, ao ocaso de sua digna existência. Por que a colônia goiana do Distrito Federal, que congrega artistas, poetas, jornalistas, professores, tanta gente de sensibilidade, não vai em caravana convidar a admirável poetisa para receber as homenagens da capital do país?

É um alvitre que endereço daqui aos naturais do grande Estado planaltino.

Oswaldino Marques

Duas Palavras Especiais

Mais fácil, para mim, escrever um livro do que publicá-lo. Devo a tantos chegar a esta edição. Amigos, muitos, me estenderam as mãos, cuidaram de nova apresentação, escoimaram erros numa revisão minuciosa, me socorreram nas dificuldades. E para todos os que exaltaram estes poemas em referências valiosas e lídima poesia, os agradecimentos da Autora, gratíssima, igualmente, ao Dr. Tarquínio J. B. de Oliveira, padrinho e animador desta publicação. Foi quem, um dia, em Goiás, tirou este livro do limbo dos inéditos.

    Impossível passar estas páginas sem deixar exarada minha comovida Mensagem de Gratidão à Universidade Federal de Goiás, quer na pessoa do talentoso e jovem Magnífico Reitor, Prof. José Cruciano de Araújo, quer do pessoal técnico, de todos os escalões, graças aos quais esta obra surge enriquecida inclusive em nova roupagem gráfica, incorporando-se à coleção documentária capaz de consistir num marco desta época, a fim de cumprir relevante papel a serviço do futuro.

Cora Coralina

Este Livro

Este livro pertence mais aos leitores do que a quem o escreveu.

Que o saiba sempre em brochura, ao alcance de crianças, jovens e adultos, que mãos operárias repassem estas páginas e sintam-se presentes, junto à mulher operária que as elaborou.

Que possa ultrapassar as cidades e alcançar a alma sertaneja, levando minha presença-terra aos enxadeiros e boiadeiros que tanto me ensinaram.

Que entre em casas de mulheres marcadas de luz vermelha e leve a elas esta Mensagem do Evangelho:

Disse-lhes Jesus: Em verdade vos digo que publicanos e meretrizes entrarão na vossa frente no reino de Deus.

Possa ser lido nas prisões e levar ao presidiário a última página deste livro num apelo de regeneração e na minha oferta de fraternidade humana.

Tenha ele sempre uma apresentação simples e sugestiva e, por muito tempo, possa viver fora das encadernações de luxo entre lombadas hieráticas e dourados bonitos.

Possa valer pelo seu conteúdo, sempre encontrado em bancas populares e em balcões de livrarias – seu preço ao alcance de um leitor modesto.

Com o tempo, lido, relido e trelido, rabiscado, amassado, arrancadas suas folhas, seja, num dia de faxina geral, num auto de arrumação e limpeza, lançado numa fogueira e calcinado no holocausto das chamas.

Vai, meu pequeno livro. Que possa sobreviver à Autora e ter a glória de ser lido por gerações que hão de vir de gerações que vão nascer.

Ao Leitor

Alguém deve rever, escrever e assinar os autos do Passado antes que o Tempo passe tudo a raso.

É o que procuro fazer para a geração nova, sempre atenta e enlevada nas estórias, lendas, tradições, sociologia e folclore de nossa terra.

Para a gente moça, pois, escrevi este livro de estórias. Sei que serei lida e entendida.

Ressalva

Este livro foi escrito
por uma mulher
que no tarde da Vida
recria e poetiza sua própria
Vida.

Este livro
foi escrito por uma mulher
que fez a escalada da
Montanha da Vida
removendo pedras
e plantando flores.

Este livro:
Versos... Não.
Poesia... Não.
Um modo diferente de contar velhas estórias.

PRIMEIRA PARTE

Todas as Vidas

Vive dentro de mim
uma cabocla velha
de mau-olhado,
acocorada ao pé do borralho,
olhando pra o fogo.
Benze quebranto.
Bota feitiço...
Ogum. Orixá.
Macumba, terreiro.
Ogã, pai de santo...

Vive dentro de mim
a lavadeira do Rio Vermelho.
Seu cheiro gostoso
d'água e sabão.
Rodilha de pano.
Trouxa de roupa,
pedra de anil.
Sua coroa verde de são-caetano.

Vive dentro de mim
a mulher cózinheira.
Pimenta e cebola.
Quitute bem-feito.
Panela de barro.
Taipa de lenha.
Cozinha antiga
toda pretinha.
Bem cacheada de picumã.
Pedra pontuda.
Cumbuco de coco.
Pisando alho-sal.

Vive dentro de mim
a mulher do povo.
Bem proletária.
Bem linguaruda,
desabusada, sem preconceitos,
de casca-grossa,
de chinelinha,
e filharada.

Vive dentro de mim
a mulher roceira.
– Enxerto da terra,
meio casmurra.
Trabalhadeira.
Madrugadeira.
Analfabeta.
De pé no chão.
Bem parideira.

Bem criadeira.
Seus doze filhos,
Seus vinte netos.

Vive dentro de mim
a mulher da vida.
Minha irmãzinha...
tão desprezada,
tão murmurada...
Fingindo alegre seu triste fado.

Todas as vidas dentro de mim:
Na minha vida –
a vida mera das obscuras.

Minha Cidade

Goiás, minha cidade...
Eu sou aquela amorosa
de tuas ruas estreitas,
curtas,
indecisas,
entrando,
saindo
uma das outras.
Eu sou aquela menina feia da ponte da Lapa.
Eu sou Aninha.

Eu sou aquela mulher
que ficou velha,
esquecida,
nos teus larguinhos e nos teus becos tristes,
contando estórias,
fazendo adivinhação.
Cantando teu passado.
Cantando teu futuro.

Eu vivo nas tuas igrejas
e sobrados
e telhados
e paredes.

Eu sou aquele teu velho muro
verde de avencas
onde se debruça
um antigo jasmineiro,
cheiroso
na ruinha pobre e suja.

Eu sou estas casas
encostadas
cochichando umas com as outras.
Eu sou a ramada
dessas árvores,
sem nome e sem valia,
sem flores e sem frutos,
de que gostam
a gente cansada e os pássaros vadios.

Eu sou o caule
dessas trepadeiras sem classe,
nascidas na frincha das pedras:
Bravias.

Renitentes.
Indomáveis.
Cortadas.
Maltratadas.
Pisadas.
E renascendo.

Eu sou a dureza desses morros,
revestidos,
enflorados,
lascados a machado,
lanhados, lacerados.
Queimados pelo fogo.
Pastados.
Calcinados
e renascidos.
Minha vida,
meus sentidos,
minha estética,
todas as vibrações
de minha sensibilidade de mulher,
têm, aqui, suas raízes.

Eu sou a menina feia
da ponte da Lapa.
Eu sou Aninha.

Cruz do Anhanguera – *Cidade de Goiás. Testemunha da presença e fé nos sertões dos Goiás do bandeirante paulista – Bartolomeu Bueno da Silva, o Anhanguera. A cruz foi descoberta pelo historiador Luís do Couto e erigida em 1918 como marco da Cidade de Goiás, numa homenagem ao seu fundador.*

Antiguidades

Quando eu era menina
bem pequena,
em nossa casa,
certos dias da semana
se fazia um bolo,
assado na panela
com um testo de borralho em cima.

Era um bolo econômico,
como tudo, antigamente.
Pesado, grosso, pastoso.
(Por sinal que muito ruim.)

Eu era menina em crescimento.
Gulosa,
abria os olhos para aquele bolo
que me parecia tão bom
e tão gostoso.

A gente mandona lá de casa
cortava aquele bolo
com importância.
Com atenção.

Seriamente.
Eu presente.
Com vontade de comer o bolo todo.

Era só olhos e boca e desejo
daquele bolo inteiro.

Minha irmã mais velha
governava. Regrava.
Me dava uma fatia,
tão fina, tão delgada...
E fatias iguais às outras manas.
E que ninguém pedisse mais!
E o bolo inteiro,
quase intangível,
se guardava bem guardado,
com cuidado,
num armário, alto, fechado,
impossível.

Era aquilo uma coisa de respeito.
Não pra ser comido
assim, sem mais nem menos.
Destinava-se às visitas da noite,
certas ou imprevistas.
Detestadas da meninada.

Criança, no meu tempo de criança,
não valia mesmo nada.
A gente grande da casa
usava e abusava
de pretensos direitos
de educação.

Por dá-cá-aquela-palha,
ralhos e beliscão.
Palmatória e chineladas
não faltavam.
Quando não,
sentada no canto de castigo
fazendo trancinhas,
amarrando abrolhos.
"Tomando propósito"
Expressão muito corrente e pedagógica.

Aquela gente antiga,
passadiça, era assim:
severa, ralhadeira.

Não poupava as crianças.
Mas, as visitas...
– Valha-me Deus!...
As visitas...
Como eram queridas,
recebidas, estimadas,
conceituadas, agradadas!

Era gente superenjoada.
Solene, empertigada.
De velhas conversas
que davam sono.
Antiguidades...

Até os nomes, que não se percam:
D. Aninha com Seu Quinquim.
D. Milécia, sempre às voltas

com receitas de bolo, assuntos
de licores e pudins.
D. Benedita com sua filha Lili.
D. Benedita – alta, magrinha.
Lili – baixota, gordinha.
Puxava de uma perna e fazia crochê.
E, diziam dela línguas viperinas:
"– Lili é a bengala de D. Benedita".
Mestra Quina, D. Luisalves,
Saninha de Bili, Sá Mônica.
Gente do Cônego Padre Pio.

D. Joaquina Amâncio...
Dessa então me lembro bem.
Era amiga do peito de minha bisavó.
Aparecia em nossa casa
quando o relógio dos frades
tinha já marcado 9 horas
e a corneta do quartel, tocado silêncio.
E só se ia quando o galo cantava.

O pessoal da casa,
como era de bom-tom,
se revezava fazendo sala.
Rendidos de sono, davam o fora.
No fim, só ficava mesmo, firme,
minha bisavó.

D. Joaquina era uma velha
grossa, rombuda, aparatosa.
Esquisita.
Demorona.

Cega de um olho.
Gostava de flores e de vestido novo.
Tinha seu dinheiro de contado.
Grossas contas de ouro
no pescoço.

Anéis pelos dedos.
Bichas nas orelhas.
Pitava na palha.
Cheirava rapé.
E era de Paracatu.
O sobrinho que a acompanhava,
enquanto a tia conversava
contando "causos" infindáveis,
dormia estirado
no banco da varanda.
Eu fazia força de ficar acordada
esperando a descida certa
do bolo
encerrado no armário alto.
E quando este aparecia,
vencida pelo sono já dormia.

E sonhava com o imenso armário
cheio de grandes bolos
ao meu alcance.

De manhã cedo
quando acordava,
estremunhada,
com a boca amarga,
– ai de mim –

via com tristeza,
sobre a mesa:
xícaras sujas de café,
pontas queimadas de cigarro.
O prato vazio, onde esteve o bolo,
e um cheiro enjoado de rapé.

Vintém de Cobre

(Freudiana)

Eu vestia um antigo mandrião
de uma saia velha de minha bisavó.
Eu vestia um timão feio
de pedaços, de restos de baeta.

Vintém de cobre:
ainda o vejo
ainda o sinto
ainda o tenho
na mão fechada.

Vintém de cobre:
dinheiro antigo.
Moeda escura,
recolhida, desusada.
Feia, triste, pesada.

Corenta. Vintém. Derréis.
Dinheiro curto, escasso.
Parco. Parcimonioso

de gente pobre,
da minha terra,
da minha casa,
da minha infância.

Vintém de cobre:
Economia. Poupança.
A casa pobre.

Mandrião de saias velhas.
Timão de restos de baeta.
Colchas de retalhos desbotados.
Panos grosseiros, encardidos, remendados.
Vida sedentária.
Velhos preconceitos.
Orgulho e grandeza do passado.

Pé-de-meia sempre vazio.
E o sonho de ajuntar.
Melhorar de vida, prosperar,
num esforço inútil e tardio.

Corenta, vintém, derréis...
Eu ajuntando.
Mudando de caixinha, mudando de lugar.
Diziam, caçoando, as meninas da escola:
"– Muda de lugar que ele aumenta..."
Eu acreditava.
Guardava cinquinho a cinquinho
na esperança irrealizada
de inteirar quinhentos réis.

Fui criança do tempo do cinquinho,
do tempo do vintém.
Do antigo mandrião
de saias velhas da vovó.
De cobertas de retalho,
de panos grosseiros encardidos,
remendados.
De velhos preconceitos
– orgulho e grandeza do passado.
Opulência. Posição social.
Sesmarias. Escravatura.
Caixas de lavrado.

Parentes emproados.
Brigadeiros. Comendadores,
visitando a Corte,
recebidos no Paço.
Decadência...
Tempos anacrônicos, superados.

Fui menina do tempo do vintém.
Do timão de restos de baeta.
Fiquei sempre no tempo do cinquinho.

No tempo dos adágios que os velhos
sentenciavam
enfáticos e solenes:
"– Quem nasce pra derréis não chega a vintém".
Pessimismo recalcando
aquele que pensava evoluir.

"Vintém poupado, vintém ganhado."
Estatuto econômico. Mote gravado
no corpo de algumas emissões.
"Na pataca da miséria o diabo tem sempre um vintém."
Isto se dizia, quando moça pobre se perdia.
"Quem compra o extraordinário
vê-se obrigado a vender o necessário."
Doía... impressionava.
Era a Sabedoria que falava.

E a gente sentia até uma lagrimazinha de remorso
no canto do olho.
E se via mesmo de trouxinha na cabeça,
andando de déu em déu,
perseguida dos credores.
A casinha penhorada.
Os trenzinhos dados à praça.
Tudo irrecuperado, perdido,
porque tinha comprado o extraordinário:
um vestido de chita cor-de-rosa
pintadinho de azul.

O tempo foi passando, foi levando:
minha bisavó, meu avô, minha mãe, minhas irmãs.
A velha casa.
Os velhos preconceitos
de cor, de classe, de família.
O tempo, velho tempo que passou,
nivelou muros e monturos.
Remarcou dentro de mim

a menina magricela, amarela,
inassimilada,
do tempo do cinquinho.

Eu tinha um timão de restos de baeta.
Eu tinha um mandrião de uma saia velha
de minha bisavó.

Vintém de cobre:
Ainda o vejo
ainda o sinto
ainda o tenho
na mão fechada.
Moeda triste,
escura, pesada,
da minha infância,
da casa pobre.

Estória do Aparelho Azul-Pombinho

Minha bisavó – que Deus a tenha em bom lugar –
inspirada no passado
sempre tinha o que contar.
Velhas tradições. Casos de assombração.
Costumes antigos. Usanças de outros tempos.
Cenas da escravidão.
Cronologia superada
onde havia banguês.
Mucamas e cadeirinhas.
Rodas e teares. Ouro em profusão,
posto a secar em couro de boi.
Crioulinho vigiando de vara na mão
pra galinha não ciscar.
Romanceiro. Estórias avoengas...
Por sinal que uma delas embalou minha infância.

Era a estória de um aparelho de jantar
que tinha sido encomendado de Goiás
através de uma rede de correspondentes
como era de norma, naquele tempo.

Encomenda levada numa carta
em nobre estilo amistoso-comercial.
Bem notada. Fechada com obreia preta.

Carta que foi entregue de mão própria
ao correspondente na Corte,
que tinha morada e loja de ferragem
na Rua do Sabão.
O considerado lusitano – metódico e pontual –,
a passou para Lisboa.
Lisboa passou para Luanda.
Luanda no usual
passou para Macau.
Macau se entendeu com mercadores chineses.

E um fabricante-loiceiro,
artesão de Cantão,
laborou o prodígio (no dizer de minha bisavó).

Um aparelho de jantar – 92 peças.
Enorme. Pesado, lendário.
Pintado, estoriado, versejado,
de loiça azul-pombinho.
Encomenda de um senhor cônego
de Goiás
para o casamento de seu sobrinho e afilhado
com uma filha de minha bisavó.

O cônego-tio e padrinho
pelo visto, relatado,
fazia gosto naquele matrimônio.
E o aparelho era para as bodas contratadas.

50

Um carro de boi –
15 juntas, 30 bois –
bem fornido e rejuntado
para viagem longa,
partiu de Goiás, no século passado,
do meado, pouco mais.
Levava seis escravos escolhidos
e um feitor de confiança.
Mantimentos para a viagem.
E mais, oitavas de ouro,
disfarçadas no fundo de um berrante,
para os imprevistos da delonga.

E o antigo carro
por ano e meio quase
rodou, sulcou, cantou e levantou poeira
rechinando
por caminhos e atalhos,
vilas e cidades, campos, sarobais.
Atravessou rios em balsas.
Vadeou lameiros, tremedais.
Varou Goiás – fim de mundo.
Cortou o sertão de Minas.
O planalto de São Paulo.

Foi receber o aparelho e mais sedas e xailes da índia
em Caçapava –
ponta dos trilhos da Dão Pedro Segundo –
ali por volta de 1860 e tantos.
Durou essa viagem, ir e voltar,
dezesseis meses e vinte e dois dias.
– As bodas em suspenso.

51

Enquanto se esperava, escravas de dentro
fiavam na roda e urdiam no tear.
Mucamas compenetradas, mestreadas por rica-dona,
sentadas nas esteiras, nos estrados de costura,
desfiavam, bordavam, crivavam,
repolegavam
o bragal de minha avó.
Sinhazinha de catorze anos – fermosura.
Prendada. Faceira.
Muito certa na Doutrina.
Entendida do governo de uma casa
e analfabeta.
Diziam os antigos educadores:
"– Mulher saber ler e escrever não é virtude".

Afinal, muito esperado,
chegou a Goiás, sem novidades ou peça quebrada,
o aparelho encomendado
através de uma rede de correspondentes.
Embarcado num veleiro,
no porto de Macau.

As bodas marcadas
se fizeram com aparato.
Fartas comezainas.
Vinho de Espinho – Portugal –
da parte do correspondente.
Aparelhos de loiça da China.
Faqueiros e salvas de prata.
Compoteiras e copos de cristal.

Na sobremesa, minha bisavó exultava...
Figurava uma pinha de iludição.

Toda ela de cartuchos de papel verde calandrado,
cheios de confeitos de ouro em filigrana.
Mimo aos convidados graduados:
Governador da Província.
Cônegos, Monsenhores, Padres-mestres,
Capitão-mor.
Brigadeiros. Comendadores.
Juízes e Provedores.
Muita pompa e toda parentela.
Por amor e grandeza desse fasto
– casamento da sinhazinha Honória
com o sinhô-moço Joaquim Luís –
dois velhos escravos, já pintando,
receberam chorando
suas cartas de alforria.

Ficou mais, assentado e prometido
em palavra de rei testemunhado,
que o crioulinho
que viesse ao mundo
com o primogênito do casal
seria forro sem tardança na pia batismal.

E se criaria em regalia
com o senhorzinho,
nato fosse ele, em hora e dia.

Um rebento do casal veio ao mundo
no fim de nove meses.

E na senzala do quintal
nascia de uma escrava
um crioulinho.
Conforme o prometido – libertado
alforriado
na pia batismal.

(Na pia batismal, era, naquele tempo,
forma legal e usual de se alforriar um escravo.)
Toda essa estória
por via de um aparelho de loiça da China,
destinado a Goiás.
Laborado de um oleiro, loiceiro de Cantão.
Embarcado num veleiro
no porto de Macau.

Cartas com obreias.
Correspondentes antigos.
Cartuchos de confeitos de ouro.
Alforria de escravos.
Bodas de meu avô.
Bragal de minha avó.
Roda e tear, marafundas e repolegos.
Coisas do passado...
E – dizia minha bisavó –
tudo se deu como o contado.

Igreja de Nossa Senhora da Boa Morte e Chafariz da Boa Morte – *Cidade de Goiás. Atualmente Museu de Arte Sacra.*

Frei Germano

Quando eu era menina
bem pequena,
pela minha porta,
pela minha rua,
pela minha ponte,
via passar
os frades dominicanos.

Túnica branca.
Larga correia na cintura
prendendo um rosário
de contas grossas.
Hábito solto.
Cruz ao peito.
Sapatões pesados.
Um chapéu grande, preto,
de abas presas, reviradas.
Às vezes, também,
conforme o tempo,
anacrônico, enorme,
um guarda-chuva

amarelado, abarracado.
Muito austeros.
Muito ascetas.
Muito graves.

Corria a lhes pedir a bênção,
ganhar santinho.
Frei Henrique.
Frei Constâncio.
Frei Manuel.
Frei Germano.
E quantos outros...
Já nem lembro os nomes.

Vinham de terras cultas,
distantes.
Falavam nossa língua
num sotaque estrangeirado,
com muitos erres.

Preocupavam-se demais
com os pecadores.
Queriam salvar todas as almas.
Exortavam sobre o inferno.
Contavam do purgatório.
Exaltando as maravilhas do Céu.

Frei Germano...
Quanto respeito, meu Deus!
Durezas de ascetismo.
Estatura invulgar de sacerdote.
Tão severo...

Tão alto...
descarnado.
Era a austeridade retratada,
fidelíssima,
vestindo sua imensa caridade.

Diziam até que trazia cilício
sobre a carne espezinhada.
Rigoroso nas regras de sua Ordem,
renunciava até mesmo ao consentido.
Desmaiava nos antigos jejuns,
carregando sobre si
a cruz pesada
dos pecados
da cidade.

Envergadura de atleta da Fé.
Embasamento,
sustentáculo
da Ordem de São Domingos.
Grande confessor.
Grande penitente.
Dignificou a Pátria onde nasceu.
Dignificou a Terra onde morreu.

Um dia – inda me lembro:
Apareceu sem avisar
na escolinha laica
da Mestra Silvina.
Minha escolinha primária...
Quanta saudade!
Muito manso,

muito humilde,
se fazendo pequenino,
propôs à Mestra
em dia certo da semana,
ensinar a doutrina
à meninada.

Cinquenta anos decorridos,
guardo na lembrança
sua figura austera,
retratada,
de velho santo.
E as lições aprendidas
do pequeno catecismo.
Como prêmio de aplicação
conservo daquele tempo,
recebido de suas mãos,
uma antiga História Sagrada
e uns santinhos que me têm valido
na aflição.

E sei até hoje
se me perguntarem
os "Novíssimos do Homem"
que nenhum leitor,
católico praticante,
dirá ao certo
sem rever de novo o catecismo.

Frei Germano...
No longo caminho de pedras, de quedas,
de ascensão, da vida percorrida,

nunca para mim
seu vulto
se perdeu no esquecimento.
Nunca.
E eu era apenas
guria pequenina
da escolinha primária
da Mestra Silvina...
E até hoje, guardião de minha fé,
vai me levando pela vida
Frei Germano.

A Escola da Mestra Silvina

Minha escola primária...
Escola antiga de antiga mestra.
Repartida em dois períodos
para a mesma meninada,
das 8 às 11, da 1 às 4.
Nem recreio, nem exames.
Nem notas, nem férias.
Sem cânticos, sem merenda...
Digo mal – sempre havia
distribuídos
alguns bolos de palmatória...
A granel?
Não, que a Mestra
era boa, velha, cansada, aposentada.
Tinha já ensinado a uma geração
antes da minha.

A gente chegava "– Bença, Mestra".
Sentava em bancos compridos,
escorridos, sem encosto.
Lia alto lições de rotina:

o velho abecedário,
lição salteada.
Aprendia a soletrar.

Vinham depois:
Primeiro, segundo,
terceiro e quarto livros
do erudito pedagogo
Abílio César Borges –
Barão de Macaúbas.
E as máximas sapientes
do Marquês de Maricá.

Não se usava quadro-negro.
As contas se faziam
em pequenas lousas
individuais.

Não havia chamada
e sim o ritual
de entradas, compassadas.
"– Bença, Mestra..."

Banco dos meninos.
Banco das meninas.
Tudo muito sério.
Não se brincava.
Muito respeito.
Leitura alta.
Soletrava-se.
Cobria-se o debuxo.
Dava-se a lição.

Tinha dia certo de argumento
com a palmatória pedagógica
em cena.
Cantava-se em coro a velha tabuada.

Velhos colegas daquele tempo...
Onde andam vocês?

A casa da escola inda é a mesma.
– Quanta saudade quando passo ali!
Rua Direita, nº 13.
Porta da rua pesada,
escorada com a mesma pedra
da nossa infância.

Porta do meio, sempre fechada.
Corredor de lajes
e um cheirinho de rabugem
dos cachorros de Samélia.
À direita – sala de aulas.
Janelas de rótulas.
Mesorra escura
toda manchada de tinta
das escritas.
Altos na parede, dois retratos:
Deodoro, Floriano.

Num prego de forja, saliente na parede,
estirava-se a palmatória.
Porta de dentro abrindo
numa alcova escura.
Um velhíssimo armário.

Canastras tacheadas.
Um pote d'água.
Um prato de ferro.
Uma velha caneca, coletiva,
enferrujada.
Minha escola da Mestra Silvina...
Silvina Ermelinda Xavier de Brito.
Era todo o nome dela.

Velhos colegas daquele tempo,
onde andam vocês?

Sempre que passo pela casa
me parece ver a Mestra,
nas rótulas.
Mentalmente beijo-lhe a mão.
"– Bença, Mestra."
E faço a chamada de saudade
dos colegas:
Juca Albernaz, Antônio,
João de Araújo, Rufo.
Apulcro de Alencastro,
Vítor de Carvalho Ramos.
Hugo da *Tropas e Boiadas*.
Benjamim Vieira.
Antônio Rizzo.
Leão Caiado, Orestes de Carvalho.
Natanael Lafaiete Póvoa.
Marica. Albertina Camargo.
Breno – "Escuto e tua voz vai
se apagando com um dolente ciciar

de prece".
Alberico, Plínio e Dante Camargo.
Guigui e Minguito
de Totó dos Anjos.
Zoilo Remígio.
Zelma Abrantes.
Joana e Mariquinha Milamexa.
Marica. Albertina Camargo.
Zu, Maria Djanira, Adília.
Genoveva, Amintas e Teomília.
Alcides e Magnólia Craveiro.
Pequetita e Argentina Remígio.
Olímpia e Clotilde de Bastos.
Luisita e Fani.
Nicoleta e Olga Bonsolhos.
Laura Nunes.
Adélia Azeredo.
Minha irmã Helena.
(Eu era Aninha.)
Velhos colegas daquele tempo.
Quantos de vocês respondem
esta chamada de saudades
e se lembram da velha escola?

E a Mestra?...
Está no Céu.
Tem nas mãos um grande livro de ouro
e ensina a soletrar
aos anjos.

O Prato Azul-Pombinho

Minha bisavó – que Deus a tenha em glória –
sempre contava e recontava
em sentidas recordações
de outros tempos
a estória de saudade
daquele prato azul-pombinho.

Era uma estória minuciosa.
Comprida, detalhada.
Sentimental.
Puxada em suspiros saudosistas
e ais presentes.
E terminava, invariavelmente,
depois do caso esmiuçado:
"– Nem gosto de lembrar disso..."
É que a estória se prendia
aos tempos idos em que vivia
minha bisavó
que fizera deles seu presente e seu futuro.

Voltando ao prato azul-pombinho
que conheci quando menina

e que deixou em mim
lembrança imperecível.
Era um prato sozinho,
último remanescente, sobrevivente,
sobra mesmo, de uma coleção,
de um aparelho antigo
de 92 peças.
Isto contava com emoção, minha bisavó,
que Deus haja.

Era um prato original,
muito grande, fora de tamanho,
um tanto oval.
Prato de centro, de antigas mesas senhoriais
de família numerosa.
De fastos de casamento e dias de batizado.

Pesado. Com duas asas por onde segurar.
Prato de bom-bocado e de mães-bentas.
De fios de ovos.
De receita dobrada
de grandes pudins,
recendendo a cravo,
nadando em calda.

Era, na verdade, um enlevo.
Tinha seus desenhos
em miniaturas delicadas:
Todo azul-forte,
em fundo claro
num meio-relevo.
Galhadas de árvores e flores,

estilizadas.
Um templo enfeitado de lanternas.
Figuras rotundas de entremez.
Uma ilha. Um quiosque rendilhado.
Um braço de mar.
Um pagode e um palácio chinês.
Uma ponte.
Um barco com sua coberta de seda.
Pombos sobrevoando.

Minha bisavó
traduzia com sentimento sem igual,
a lenda oriental
estampada no fundo daquele prato.
Eu era toda ouvidos.
Ouvia com os olhos, com o nariz, com a boca,
com todos os sentidos,
aquela estória da Princesinha Lui,
lá da China – muito longe de Goiás –
que tinha fugido do palácio, um dia,
com um plebeu do seu agrado
e se refugiado num quiosque muito lindo
com aquele a quem queria,
enquanto o velho mandarim – seu pai –
concertava, com outro mandarim de nobre casta,
detalhes complicados e cerimoniosos
do seu casamento com um príncipe todo-poderoso,
chamado Li.

Então, o velho mandarim,
que aparecia também no prato,
de rabicho e de quimono,

com gestos de espavento e cercado de aparato,
decretou que os criados do palácio
incendiassem o quiosque
onde se encontravam os fugitivos namorados.

E lá estavam no fundo do prato,
– oh, encanto da minha meninice! –
pintadinhos de azul,
uns atrás dos outros – atravessando a ponte,
com seus chapeuzinhos de bateia
e suas japoninhas largas,
cinco miniaturas de chinês.
Cada qual com sua tocha acesa
– na pintura –
para pôr fogo no quiosque
– da pintura.

Mas ao largo do mar alto
balouçava um barco altivo
com sua coberta de prata,
levando longe o casal fugitivo.

Havia, como já disse,
pombos esvoaçando.
E um deles levava, numa argolinha do pé,
mensagem da boa ama,
dando aviso a sua princesa e dama,
da vingança do velho mandarim.

Os namorados então,
na calada da noite,
passaram sorrateiros para o barco,

driblando o velho, como se diz hoje.
E era aquele barco que balouçava
no mar alto da velha China,
no fundo do prato.

Eu era curiosa para saber o final da estória.
Mas o resto, por muito que pedisse,
não contava minha bisavó.
Dali para a frente a estória era omissa.
Dizia ela – que o resto não estava no prato
nem constava do relato.
Do resto, ela não sabia.
E dava o ponto final recomendado.
"— Cuidado com esse prato!
É o último de 92."

Devo dizer – esclarecendo,
esses 92 não foram do meu tempo.
Explicava minha bisavó
que os outros – quebrados, sumidos,
talvez roubados –
traziam outros recados, outras legendas,
prebendas de um tal Confúcio
e baladas de um vate
chamado Hipeng.

Do meu tempo só foi mesmo
aquele último
que, em raros dias de cerimônia
ou festas do Divino,
figurava na mesa em grande pompa,

carregado de doces secos, variados,
muito finos,
encimados por uma coroa
alvacenta e macia
de cocadas de fita.

Às vezes, ia de empréstimo
à casa da boa tia Nhorita.
E era certo no centro da mesa
de aniversário, com sua montanha
de empadas, bem tostadas.
No dia seguinte, voltava,
conduzido por um portador
que era sempre o Abdênago, preto de valor,
de alta e mútua confiança.

Voltava com muito-obrigados
e, melhor – cheinho
de doces e salgados.
Tornava a relíquia para o relicário
que no caso era um grande e velho armário,
alto e bem fechado.
– "Cuidado com o prato azul-pombinho" –
dizia minha bisavó,
cada vez que o punha de lado.

Um dia, por azar,
sem se saber, sem se esperar,
artes do salta-caminho,
partes do capeta,
fora de seu lugar, apareceu quebrado,
feito em pedaços – sim senhor –
o prato azul-pombinho.

Foi um espanto. Um torvelinho.
Exclamações. Histeria coletiva.
Um deus nos acuda. Um rebuliço.
Quem foi, quem não foi?...

O pessoal da casa se assanhava.
Cada qual jurava por si.
Achava seus bons álibis.
Punia pelos outros.
Se defendia com energia.
Minha bisavó teve "aquela coisa".
(Ela sempre tinha "aquela coisa" em casos tais.)
Sobreveio o flato.
Arrotando alto, por fim, até chorou...

Eu (emocionada), vendo o pranto de minha bisavó,
lembrando só
da princesinha Lui –
que já tinha passado a viver no meu inconsciente
como ser presente,
comecei a chorar
– que chorona sempre fui.

Foi o bastante para ser apontada e acusada
de ter quebrado o prato.
Chorei mais alto, na maior tristeza,
comprometendo qualquer tentativa de defesa.
De nada valeu minha fraca negativa.
Fez-se o levantamento de minha vida pregressa
de menina
e a revisão de uns tantos processos arquivados.
Tinha já quebrado – em tempos alternados,

três pratos, uma compoteira de estimação,
uma tigela, vários pires e a tampa de uma terrina.

Meus antecedentes, até,
não eram muito bons.
Com relação a coisas quebradas
nada me abonava.
E o processo se fez, pois, à revelia da ré,
e com esta agravante:
tinha colado no meu ser magricela, de menina,
vários vocativos
adesivos, pejorativos:
inzoneira, buliçosa e malina.

Por indução e conclusão,
era eu mesma que tinha quebrado o prato azul-pombinho.

Reuniu-se o conselho de família
e veio a condenação à moda do tempo:
uma boa tunda de chineladas.

Aí ponderou minha bisavó
umas tantas atenuantes a meu favor.
E o castigo foi comutado
para outro, bem lembrado, que melhor servisse a todos
de escarmento e de lição:
trazer no pescoço por tempo indeterminado,
amarrado de um cordão,
um caco do prato quebrado.

O dito, melhor feito.
Logo se torceu no fuso

um cordão de novelão.
Encerado foi. Amarrou-se a ele um caco, de bom jeito,
em forma de meia-lua.
E a modo de colar, foi posto em seu lugar,
isto é, no meu pescoço.
Ainda mais
agravada a penalidade:
proibição de chegar na porta da rua.
Era assim, antigamente.

Dizia-se aquele, um castigo atinente,
de ótima procedência. Boa coerência.
Exemplar e de alta moral.

Chorei sozinha minhas mágoas de criança.
Depois, me acostumei com aquilo.
No fim, até brincava com o caco pendurado.
E foi assim que guardei
no armarinho da memória, bem guardado,
e posso contar aos meus leitores,
direitinho,
a estória, tão singela,
do prato azul-pombinho.

Nota

*De como acabou, em Goiás,
o castigo dos cacos quebrados no pescoço.*

Foi com a morte da menina Jesuína. Era minha bisavó quem contava. Eu era pequena, ouvia e chorava. Me parecia eu mesma, a pequena da estória.

Havia na cidade, contemporânea de minha bisavó, uma tal de D. Jesuína, senhora apatacada, dona de Teres-Haveres. Sempre encontrada nos velórios, muito solidária com a morte e com os vivos, ali permanecia invariavelmente até que os galos amiudassem. Tinha seus escravos de serviço e de aluguel, entre estes a escrava de dentro, de nome Prudência. Está no completo. Nas medidas exigentes do tempo. Sem preço. Deu a sua Sinhá vários crioulos de valor que mais enriqueceram a velha dona. No fim veio aquela que tomaria no nome de Rola, afilhada e alforriada na Pia, o que era legal e usado no tempo. Rola teve casamento de capela fechada dizendo sua condição de moça-virgem.

Não tardou muito por essas e tais razões e sofismas, a se representar hética. Diziam: gálico do marido. Certo que depois de várias vomitações de sangue (hemoptises) que a levaram, deixou no mundo uma menina que a madrinha batizou também com seu próprio nome – Jesuína. A pequena, um fiapo de gente, veio para os braços da avó, trazida pela Sinhá Madrinha. Filha de mãe hética, débil, franzina, foi espigando devagarinho, imperceptivelmente, mamando no seio fecundo da negra avó que fez renascer o seu veio de leite por amor à neta. Certo, ia vivendo e crescendo dentro das regras do tempo velho. Nem escrava, nem forra. Meio a meio em boa disciplina.

Não era má, D. Jesuína, antes de boa justiça, madurona, severa, experiente.

Jesuína encostou-se afinal nos dez anos. Magrinha, grandes olhos de espanto para a vida. Medrosa, obediente, agarrada a sua regalia uma boneca de pano que a madrinha teve a bondade de consentir.

Em qualquer pequena falta, a ameaça: "olha que eu tomo a boneca..." A menina apertava a bruxa no peito magro e se espiritava.

Tinha algumas obrigações. Varria a casa, apanhava o cisco. Lavava umas tantas peças de louça e aprendia a ler. Tinha, nas vagas, sua carta de ABC, sentadinha no canto, tomando propósito.

Dormia numa esteirinha nos pés da grande marquesa de sobrecéu armado, da madrinha. Velhos pedaços de forro eram a coberta.

A obrigação: de pela manhã descerrar os tampos da janela, apagar a lamparina de azeite, chegar as chinelas nos pés reumáticos da madrinha, apresentar o urinol para os alívios da velha. Regra certa, imutável, consolidada, sem variação. Um chamado – Jesuína, a menina de pé, pedindo a bênção, praticando a obediência.

Aconteceu que um dia a tampa da terrina escapuliu das mãos da menina e escacou. Foi um escarcéu. Dona Jesuína estremeceu em severidades visíveis, e se conteve: "que não fizesse outra...".

Teria contudo de ser castigada, exemplada: um colar de cacos quebrados no pescoço e a bruxa consumida. Proibido chorar. Assim era e assim foi. Coisas do tempo velho. A cacaria serrilhada, amarrada a espaço num cordão encerado, ficava como humilhante castigo exemplar, de que todos se riam até que num longínquo dia-santo alguém se lembrasse de punir por aquela retirada.

No caso da menina continuava. Dormia e acordava com seu colar de pedaços desiguais e serrilhados de jeito a permanência. Tinha nas casas gente afeita a essas artes, elaboravam com simetria e gosto maldoso. Naqueles tempos refastados, qualquer castigo agradava e eram agravados com motes e aprovação convincentes.

Aconteceu que, naquela noite, D. Jesuína foi acordada com uns resmungos, gemidos, quase, vindos da esteirinha. Ralhou: "aquieta, muleca, deixa a gente durmi...".

Tudo aquietou e a noite continuou seu giro no espaço e no tempo. Na alcova, o círculo amarelo da velha lamparina de azeite. Os quadros de santos imóveis nas paredes. Depois novo resmungo, uns gemidinhos, coisa de menor.

De novo, a velha da sua alta marquesa: "vira de banda menina, isso é pisadeira, não vai mijá na esteira...".

O silêncio se fez. A velha voltou ao sono, acordou nas horas. "Jesuína, Jesuína." Nada de resposta. Comentou: "pois é, enche o bucho, vem pisadeira, não deixa durmi, e de manhã ferra no sono".

A lamparina, sua luz escassa e amarelada em meia claridade. D. Jesuína desceu as pernas, os pés deram num molhado visguento e frio. – "Pois é enche a barriga e ainda suja na esteira..." Jesuína gritou forte. No silêncio da alcova os santos veneráveis, frios, hieráticos. A velha abriu a janela num repelão.

Abaixou, sacudiu a menina. Recuou. A criança estava fria, endurecida e morta. A esteirinha encharcada. Durante a noite, no sono, uma aresta mais viva de um dos cacos serrilhados tinha cortado uma veiazinha do seu pescoço, e por ali tinha no correr da noite esvaído seu pouco sangue e ela estava enrodilhada, imobilizada para sempre.

A notícia correu. As amigas de D. Jesu vieram e deram pêsames, justificando: foi a mãe que veio buscar a filha.

Foi assim, com o sacrifício da menina Jesuína, desaparecendo em Goiás o castigo exemplar do colar de cacos quebrados no pescoço. Quando chegou a minha vez já era só um caco.

No meu sono de criança, tinha a sensação de uma sombra debruçada sobre mim. Era minha bisavó ajeitando o caco, tirando para fora da coberta.

Não fosse acontecer com Aninha o que acontecera com a menina Jesuína, cria da D. Jesu.

Rio Vermelho

Longe do Rio Vermelho.
Fora da Serra Dourada.
Distante desta cidade,
não sou nada, minha gente.

Sem rebuço, falo sim.
Publico para quem quiser.
Arrogante digo a todos.
Sou Paranaíba pra cá.
E isto chega pra mim.

Rio Vermelho das janelas da casa velha da Ponte...
Rio que se afunda debaixo das pontes.
Que se reparte nas pedras.
Que se alarga nos remansos.
Esteira de lambaris.
Peixe cascudo nas locas.

Rio, vidraça do céu.
Das nuvens e das estrelas.
Tira retrato da Lua.

Da Lua quarto-crescente
que mora detrás do morro.
Lua que veste a cidade de branco
e tece rendado de marafunda
na sombra das cajazeiras.

Rio de águas velhas.
Roladas das enxurradas.
Crescidas das grandes chuvas.
Chovendo nas cabeceiras.
Rio do princípio do mundo.
Rio da contagem das eras.

Rio – mestre de Química.
Na retorta das corredeiras,
corrige canos, esgotos, bueiros,
das casas, das ruas, dos becos
da minha terra.

Rio, santo milagroso.
Padroeiro que guarda e zela
a saúde da minha gente,
da minha antiga cidade largada.
Rio de lavadeiras lavando roupa.
De meninos lavando o corpo.
De potes se enchendo d'água.
E quem já ficou doente da água do rio?
Quem já teve ferida braba, febre malina,
pereba, sarna ou coceira?

Rio, meu pobre Jó...
Cumprindo sua dura sina.

Raspando sua lazeira
nos cacos dos seus monturos.
Rio, Jó que se alimpa,
pela graça de Deus, Virgem Santa Maria,
nas cheias de suas enchentes
que carregam seus monturos.

Ponte da Lapa da minha infância...
Da escola da Mestra Silvina,
do tempo em que eu era Aninha...

Ponte do Carmo, querida,
dos namorados de longe.
Por onde passava enterro,
dos anjinhos de Goiás,
que iam pro cemitério,
pintadinhos de carmim.
Caixãozinho descoberto.
E a música tocando atrás
A Valsa da Despedida.

Ponte nova do Mercado
– foi pinguela do Antônio Manuel,
banheiro da meninada.
Ponte do Padre Pio dos potes d'água.
Carioca de nós todos.
Pinguelona dos destemidos,
contando a estória de um sino.

Sino grande, imprensado,
nas locas da cachoeira.
Sino da Igreja da Lapa,

que rodou na grande enchente
tocando pro rio abaixo.
Até que parou imprensado
nas pedras da Pinguelona.

Gente que passa ali perto
conta estória do sino:
Inda toca à meia-noite
quando a cidade se aquieta,
e as águas ficam dormindo.

Tange, pedindo uma graça:
Que algum cristão caridoso,
o salve daquele poço,
o tire debaixo d'água.
Pois seu destino de sino
é no alto de uma torre
abençoando a cidade.
Dando aviso para o povo
– louvar a Deus poderoso.

Poço da Mandobeira...
Poço do Bispo...
Poço da Carioca...
Sombras de velhos banhistas dos velhos tempos.
Sabão do Reino no bolso.
Toalha passada ao ombro.
Cigarro de palha no bico.
A vitamina do banho.
Banho da Carioca.
Águas vitaminadas...

Rio Vermelho – meu rio.
Rio que atravessei um dia
(Altas horas. Mortas horas.)
há cem anos...
Em busca do meu destino.

Da janela da casa velha
todo dia, de manhã,
tomo a bênção do rio:
– "Rio Vermelho, meu avozinho,
dá sua bença pra mim...".

Velho Sobrado

Um montão disforme. Taipas e pedras,
abraçadas a grossas aroeiras,
toscamente esquadriadas.
Folhas de janelas.
Pedaços de batentes.
Almofadados de portas.
Vidraças estilhaçadas.
Ferragens retorcidas.

Abandono. Silêncio. Desordem.
Ausência, sobretudo.
O avanço vegetal acoberta o quadro.
Carrapateiras cacheadas.
São-caetano com seu verde planejamento,
pendurado de frutinhas ouro-rosa.
Uma bucha de cordoalha enfolhada,
berrante de flores amarelas
cingindo tudo.
Dá guarda, perfilado, um pé de mamão-macho.
No alto, instala-se, dominadora,
uma jovem gameleira, dona do futuro.

Cortina vulgar de decência urbana
defende a nudez dolorosa das ruínas do sobrado
– um muro.

Fechado. Largado.
O velho sobrado colonial
de cinco sacadas,
de ferro forjado,
cede.

Bem que podia ser conservado,
bem que devia ser retocado,
tão alto, tão nobre-senhorial.
O sobradão dos Vieiras
cai aos pedaços,
abandonado.
Parede hoje. Parede amanhã.
Caliça, telhas e pedras
se amontoando com estrondo.
Famílias alarmadas se mudando.
Assustados – passantes e vizinhos.
Aos poucos, a "fortaleza" desabando.

Quem se lembra?
Quem se esquece?

Padre Vicente José Vieira.
D. Irena Manso Serradourada.
D. Virgínia Vieira
– grande dama de outros tempos.
Flor de distinção e nobreza
na heráldica da cidade.

Benjamim Vieira,
Rodolfo Luz Vieira,
Ludugero,
Ângela,
Débora, Maria...
tão distante a gente do sobrado...

Bailes e saraus antigos.
Cortesia. Sociedade goiana.
Senhoras e cavalheiros...
– tão desusados...

O Passado...

A escadaria de patamares
vai subindo... subindo...
Portas no alto.
À direita. À esquerda.
Se abrindo, familiares.

Salas. Antigos canapés.
Cadeiras em ordem.
Pelas paredes forradas de papel,
desenho de querubins, segurando
cornucópia e laços.
Retratos de antepassados,
solenes, empertigados.
Gente de dantes.

Grandes espelhos de cristal,
emoldurados de veludo negro.
Velhas credências torneadas

sustentando
jarrões pesados.
Antigas flores
de que ninguém mais fala!
Rosa cheirosa de Alexandria.
Sempre-viva. Cravinas.
Damas-entre-verdes.
Jasmim-do-cabo. Resedá.
Um aroma esquecido
– manjerona.

O Passado...

O salão da frente recende a cravo.
Um grupo de gente moça
se reúne ali.
"Clube Literário Goiano."
Rosa Godinho.

Luzia de Oliveira.
Leodegária de Jesus,
a presidência.

Nós, gente menor,
sentadas, convencidas, formais.
Respondendo à chamada.
Ouvindo atentas a leitura da ata.
Pedindo a palavra.
Levantando ideias geniais.

Encerrada a sessão com seriedade,
passávamos à tertúlia.
O velho harmônio, uma flauta, um bandolim.

Músicas antigas. Recitativos.
Declamavam-se monólogos.
Dialogávamos em rimas e risos.

D. Virgínia. Benjamim.
Rodolfo. Ludugero.
Veros anfitriões.
Sangrias. Doces. Licor de rosa.
Distinção. Agrado.

O Passado...

Homens sem pressa,
talvez cansados,
descem com leva
madeirões pesados,
lavrados por escravos
em rudes simetrias,
do tempo das acutas.
Inclemência.
Caem pedaços na calçada.
Passantes cautelosos
desviam-se com prudência.

Que importa a eles o sobrado?

Gente que passa indiferente,
olha de longe,
na dobra das esquinas,
as traves que despencam.
– Que vale para eles o sobrado?

88

Quem vê nas velhas sacadas
de ferro forjado
as sombras debruçadas?
Quem é que está ouvindo
o clamor, o adeus, o chamado?...
Que importa a marca dos retratos na parede?
Que importam as salas destelhadas,
e o pudor das alcovas devassadas...
Que importam?

E vão fugindo do sobrado,
aos poucos,
os quadros do Passado.

Beco do Sócrates – "Conto a estória dos becos, dos becos da minha terra, suspeitos... mal-afamados. Becos de mulher perdida. Becos de mulheres da vida."
Cora Coralina

Becos de Goiás

Beco da minha terra...
Amo tua paisagem triste, ausente e suja.
Teu ar sombrio. Tua velha umidade andrajosa.
Teu lodo negro, esverdeado, escorregadio.
E a réstia de sol que ao meio-dia desce, fugidia,
e semeia polmes dourados no teu lixo pobre,
calçando de ouro a sandália velha,
jogada no teu monturo.

Amo a prantina silenciosa do teu fio de água,
descendo de quintais escusos
sem pressa,
e se sumindo depressa na brecha de um velho cano.
Amo a avenca delicada que renasce
na frincha de teus muros empenados,
e a plantinha desvalida, de caule mole
que se defende, viceja e floresce
no agasalho de tua sombra úmida e calada.

Amo esses burros de lenha
que passam pelos becos antigos. Burrinhos dos morros,

secos, lanzudos, mal zelados, cansados, pisados.
Arrochados na sua carga, sabidos, procurando a sombra,
no range-range das cangalhas.

E aquele menino, lenheiro ele, salvo seja.
Sem infância, sem idade.
Franzino, maltrapilho,
pequeno para ser homem,
forte para ser criança.
Ser indefeso, indefinido, que só se vê na minha cidade.

Amo e canto com ternura
todo o errado da minha terra.

Becos da minha terra,
discriminados e humildes,
lembrando passadas eras...

Beco do Cisco.
Beco do Cotovelo.
Beco do Antônio Gomes.
Beco das Taquaras.
Beco do Seminário.
Bequinho da Escola.
Beco do Ouro Fino.
Beco da Cachoeira Grande.
Beco da Calabrote.
Beco do Mingu.
Beco da Vila Rica...

Conto a estória dos becos,
dos becos da minha terra,

93

suspeitos... mal-afamados
onde família de conceito não passava.
"Lugar de gentinha" – diziam, virando a cara.
De gente do pote d'água.
De gente de pé no chão.
Becos de mulher perdida.
Becos de mulheres da vida.
Renegadas, confinadas
na sombra triste do beco.
Quarto de porta e janela.
Prostituta anemiada,
solitária, hética, engalicada,
tossindo, escarrando sangue
na umidade suja do beco.

Becos mal-assombrados.
Becos de assombração...
Altas horas, mortas horas...
Capitão-mor – alma penada,
terror dos soldados, castigado nas armas.
Capitão-mor, alma penada,
num cavalo ferrado,
chispando fogo,
descendo e subindo o beco,
comandando o quadrado – feixe de varas...
Arrastando espada, tinindo esporas...

Mulher-dama. Mulheres da vida,
perdidas,
começavam em boas casas, depois,
baixavam pra o beco.

Queriam alegria. Faziam bailaricos.
– Baile Sifilítico – era ele assim chamado.
O delegado-chefe de Polícia – brabeza –
dava em cima...
Mandava sem dó, na peia.
No dia seguinte, coitadas,
cabeça raspada à navalha,
obrigadas a capinar o Largo do Chafariz,
na frente da Cadeia.

Becos da minha terra...
Becos de assombração.
Românticos, pecaminosos....
Têm poesia e têm drama.
O drama da mulher da vida, antiga,
humilhada, malsinada.
Meretriz venérea,
desprezada, mesentérica, exangue.
Cabeça raspada à navalha,
castigada a palmatória,
capinando o largo,
chorando. Golfando sangue.

(ÚLTIMO ATO)

Um irmão vicentino comparece.
Traz uma entrada grátis do São Pedro de Alcântara.
Uma passagem de terceira no grande coletivo de São
Vicente.
Uma estação permanente de repouso – no aprazível
São Miguel.

Cai o pano.

Do Beco da Vila Rica

No beco da Vila Rica
tem sempre uma galinha morta.
Preta, amarela, pintada ou carijó.
Que importa?
Tem sempre uma galinha morta, de verdade.
Espetacular, fedorenta.
Apodrecendo ao deus-dará.

No beco da Vila Rica,
ontem, hoje, amanhã,
no século que vem,
no milênio que vai chegar,
terá sempre uma galinha morta, de verdade.
Escandalosa, malcheirosa.
Às vezes, subsidiariamente, também tem
– um gato morto.

No beco da Vila Rica tem
velhos monturos,
coletivos, consolidados,
onde crescem boninas perfumadas.

Beco da Vila Rica...
Baliza da cidade,
do tempo do ouro.
Da era dos "polistas",
de botas, trabuco, gibão de couro.

Dos escravos de sunga de tear, camisa de baeta,
pulando o muro dos quintais,
correndo pra o jeguedê e o batuque.

A estória da Vila Rica
é a estória da cidade mal contada,
em regras mal traçadas.
Vem do século dezoito,
vai para o ano dois mil.
Vila Rica não é sonho, inventação,
imaginária, retórica, abstrata, convencional.

É real, positiva, concreta e simbólica.
Involuída, estática.
Conservada, conservadora.
E catinguda.

Velhos portões fechados.
Muros sem regra, sem prumo nem aprumo.
(Reentra, salienta, cai, não cai,
entorta, endireita,
embarriga, reboja, corcoveia...
Cai não.
Tem sapatas de pedras garantindo.)

97

Vivem perrengando
de velhas velhices crônicas.
Pertencem a velhas donas
que não se esquecem de os retalhar
de vez em quando.
E esconjuram quando se fala
em vender o fundo do quintal,
fazer casa nova, melhorar.
E quando as velhas donas morrem centenárias
os descendentes também já são velhinhos.
Herdeiros da tradição
– muros retelhados. Portões fechados.

Na velhice dos muros de Goiás
o tempo planta avencas.

Monturo:
Espólio da economia da cidade.
Badulaques:
Sapatos velhos. Velhas bacias.
Velhos potes, panelas, balaios, gamelas,
e outras furadas serventias
vêm dar ali.

Não há nada que dure mais do que um sapato velho
jogado fora.
Fica sempre carcomido,
ressecado, embodocado,
saliente por cima dos monturos.
Quanto tempo!
Que de chuva, que de sol,
que de esforço, constante, invisível,

98

material, atuante,
silencioso, dia e noite,
precisará de um calçado, no lixo,
para se decompor absolutamente,
se desintegrar quimicamente
em transformações de humo criador?...

Às vezes, um vadio,
malvado ou caridoso,
põe fogo no monturo.
Fogo vagaroso, rastejante.
Marcado pela fumaceira conhecida.
Fumaça de monturo:
Agressiva. Ardida.
Cheiro de alergia.
Nervosia, dor de cabeça.
Enjoo de estômago.
Monturo:
tem coisa impossível de queimar,
vai ardendo devagar,
no rasto da cinza, na mortalha da fumaça.

Monturo...
Faz lembrar a Bíblia:
Jó, raspando suas úlceras.
Jó, ouvindo a exortação dos amigos.
Jó, clamando e reclamando do seu Deus.
As mulheres de Jó,
as filhas de Jó,
gandaiam coisinhas, pobrezas,
nos monturos do beco da Vila Rica.

Eu era menina pobrezinha,
como tantas do meu tempo.
Me enfeitava de colares,
de grinaldas,
de pulseiras,
das boninas dos monturos.

Vila Rica da minha infância,
do fundo dos quintais...
Sentinelas imutáveis dos becos, os portões.
Rígidos. Velhíssimos. Carunchados.
Trancados à chave.
Escorados por dentro.
Chavões enormes (turistas morrem por elas).
Fechaduras de broca, pesadas, quadradas.
Lingueta desconforme, desusada.
Portões que se abriam,
antigamente,
em tardes de folga,
com licença dos mais velhos.

Aonde a gente ia – combinada com a vizinha,
conversar, espairecer... passar a tarde...
Tarde divertida, de primeiro, em Goiás,
passada no beco da Vila Rica,
– a dos monturos bíblicos.
Dos portões fechados.
De mosquitos mil. Muriçocas. Borrachudos.
E o lixo pobre da cidade,
extravasando dos quintais.
E aquela cheiração ardida.
E a ervinha anônima,

sempre a mesma,
estendendo seu tapete
por toda a Vila Rica.
Coisinha rasteirinha, sem valia.
Pisada, cativa, maltratada.
Vigorosa.
Casco de burro de lenha.
Pisadas de quem sobe e desce.
Daninheza de menino vadio
nunca dão atraso a fedegoso,
federação, manjiroba, caruru-de-espinho,
guanxuma, são-caetano.
Resistência vegetal... Plantas que vieram donde?
Do princípio de todos os princípios.
Nascem à toa. Vingam conviventes.
Enfloram, sem amparo nem reparo de ninguém.
E só morrem depois de cumprida a obrigação:
amadurecer... sementear,
garantir sobrevivência.
E flores... migalhas de pétalas, de cores.
Amarelas, brancas, roxas, solferinas.
Umas tais de andaca... boninas...
Flor de brinquedo de menina antiga.
Flor de beco, flor de pouco caso.
Vagabundas, desprezadas.

Becos da minha terra...
Válvulas coronárias da minha velha cidade.

Além do mais, Vila Rica tem um cano horroroso.
Começa no começo.

Abre ali sua bocarra de lobo
e vai até o Rio Vermelho.
Coitado do Rio Vermelho!...
O cano é um prodígio de sabedoria,
engenharia, urbanismo colonial,
do tempo do ouro.
Conservado e confirmado.
Utilíssimo ainda hoje.
Recebe e transfere.
Às vezes caem lajes da coberta.
A gente corre os olhos sem querer.
Meninos debruçam para ver melhor
o que há lá dentro.
É horroroso o cano no seu arrastar de espurcícias,
vagaroso.

Deus afinal se amerceia de Vila Rica
e um dia manda chuvas.
Chuvas pesadas, grossas, poderosas.
Dilúvio delas. Chuvas goianas.

A enxurrada da Rua da Abadia lava o cano.
O fiscal manda repor as lajes.
E a vida da cidade continua,
tão tranquila, sem transtornos.

Diz a crônica viva de Vila Boa
que, debaixo do cano da Vila Rica,
passa um filão de ouro.
Vem da Rua Monsenhor Azevedo.
Rico filão. Grosso filão.

Veia pura, confirmada.
Atravessa o beco – daí o nome de Vila Rica.
E vai engolido pelo Rio Vermelho.

Para defender esse veeiro
e dirimir contendas no passado
que deram causa a mortes, brigas, danos e facadas,
o Senhor Ouvidor de Vila Boa,
por bem entender e ser de sua alçada,
mandou por cima do filão de ouro
estender o cano.
Medida salomônica e salutar.

Bem por isso um ilustre causídico,
de sobrado beiradão colonial,
costuma recolher num vidro de boca larga
palhetas de ouro,
encontradas na moela das galinhas do quintal.
Além de tudo,
Goiás tinha seus costumes familiares.
Normas sociais interessantes
conservadas através de gerações.
Hábitos familiares que se diluíram com o tempo,
ligados aos becos e aos portões.

Família amiga de alta consideração
e pouca intimidade.
De grande conceito e rígida etiqueta,
certo dia,
mandava na casa amiga portador de confiança:
Sá Liduvina, negra forra.

Gente da casa, integrada na família.
Viu nascer Ioiô.
Viu nascer Iaiá.
Viu nascer filhos de Ioiô.
Viu nascer filhos de Iaiá...
Madrinha, de carregar, de um bando de meninos.
Contas redondas de ouro no pescoço.
Brinco de cabacinha nas orelhas.
Conceição maciça, pendurada.
Bentinhos escondidos no seio.
Saia escura, rodada, se arrastando.
Paletó branco de morim, muito engomado.
Chinelas cara-de-gato, nos pés,
largos, pranchados, reumáticos.

Bate na porta do meio...
– "Dá licença, Nhãnhã?..." – "Vai entrando..."
– "Suscristo..." – Entrega as flores.
– Nhã, D. Breginata mandou essas fulô
do quintar dela,
mandou falá
se vassuncê cunsente qui Nhanhá Sinhaninha
vai passá o dia santo damenhã
cum Sinhá Lili..."
– "Que vassuncê num sincomode.
Que au de noite, au depois da purcissão
ela vem trazê..."
– "É pra passá o dia inteirinho...
Inhá Lili mandou pidi".

Lá dentro, consultas demoradas,
Depois: – "Sim... Pois não...

104

Sinhazinha vai com muito gosto.
Fala pra D. Breginata pra abri o portão
que Sinhazinha vai ao depois da missa da madrugada".

Estas e outras visitas se faziam
passando pelo portão.
Andar pelas ruas. Atravessar pontes e largos,
as moças daquele tempo eram muito acanhadas.
Tinham vergonha de ser vistas de "todo o mundo"...

"Todo o mundo..."
Expressão pejorativa muito expressiva.
Muito goiana. Muito Brasil
colonial, imperial, republicano.

Era comum portador com este recado:
– "Vai lá na prima Iaiá, fala pra ela
mandar abrir o portão, depois do almoço,
que vou fazer visita pra ela..."

Costume estabelecido:
Levar buquê de flores.
Dar lembrança, dar recado.
Visitas com aviso prévio.
Mulheres entrarem pelo portão.
Saírem pelo portão.
Darem voltas, passarem por detrás.
Evitarem as ruas do centro,
serem vistas de todo o mundo.

Em colaboração com tais hábitos havia o xaile.
Indumentária lusitana,
incorporada ao estatuto da família.

Xaile escuro, de preferência.
Liso, florado, barrado, de listras.
Quadrado. Franjas torcidas. Tecido fofo de lã.
De casimira, de sarja, baetilha, seda,
lã e seda, alpaca, baeta.
Dobrado em triângulo. Passado pela cabeça.
Bico puxado na testa.
Pontas certas, caídas na cacunda.
Pontas cruzadas na frente,
enrolando, dissimulando o busto, as formas,
a idade, a mulher.

Durante um século prevaleceu o xaile.
Substituiu o mantéu e o bioco.
Contava minha bisavó, do primeiro xaile
– novidade – aparecido em Goiás e bem-aceito.
Depois, não havia loja que não tivesse xaile.
Xaile preto. Xaile branco.

Azul-escuro, avinhado, havana, cinzento.
Xaile verde.
Era ótimo presente de aniversário.
Muito estimado e de longa duração.
Ajudava o velho estatuto
das mulheres se resguardarem,
embuçadas, disfarçadas.
Olharem na tabuleta.
Entrarem pelo portão.
Passarem por detrás.
Justificando o antigo brocardo português:
"Mulheres, querem-nas resguardadas e a sete chaves..."

A moça, quando casava, já sabia:
levava no enxoval um xaile,
de preferência escuro.
E quando a cegonha dava sinal,
era de decência e compostura
– bata ancha. Anágua de baeta.
Saia comprida se arrastando,
e ritual – o xaile,
embonando tudo.

E o primeiro agasalho do nascituro
era um xaile encarnado de baeta.
Felpas vermelhas de baeta, arrancadas do cueiro,
molhadas no cuspo, coladas na testa,
era porrete pra soluço.
Não havia espasmo de criança
que resistisse à velha pajelança.

O Beco da Escola

Um corricho, de passagem,
um dos muitos vasos comunicantes
onde circula a vida humilde da cidade.
Um bequinho de brinquedo, miudinho.
Chamado no meu tempo de menina
– beco da escola.

Uma braça de largura, mal medida.
Cinquenta metros de comprido... avaliado.
Bem alinhado. Direitinho.
Beco da escola...
Escola de velhos tempos.
Tempos de velhas mestras.
Mestra Lili. Mestra Silvina. Mestra Inhola.
Outras mais, esquecidas mestras de Goiás.

Mestra Lili... o seu perfil:
Miudinha, magrinha.
Boa sobretudo. Força moral.
Energia concentrada. Espírito forte.
O hábito de ensinar, ralhar, levantar a palmatória,
afeiçoara-lhe o conjunto
– enérgico, varonil.

A escola da mestra Lili
era mesmo naquela esquina.
Casa velha – ainda hoje a casa é velha.
Janelas abertas para o beco.
Sala grande. A mesa da mestra.
Bancos compridos, sem encosto.
Mesa enorme dos meninos escreverem
lições de escrita.
De ruas distantes a gente ouvia,
quartas e sábados, cantada em alto coro
a velha tabuada.

O bequinho da escola
lembra mestra Lili.
Lembra mestra Inhola.

Lembra mestra Silvina.
Sá Mônica. Mestra Quina. Mestra Ciriáca.

Esquecidas mestras de Goiás.
Elas todas – donzelas,
sem as emoções da juventude.
Passavam a mocidade esquecidas de casamento,
atarefadas com crianças.
Ensinando o beabá às gerações.

O beco da escola é uma transição.
Um lapso urbanístico
entre a Vila Rica e a Rua do Carmo.
Tem janelas.
Uma casinha triste de degraus.
Velhos portões fechados, carcomidos.

Lixo pobre.
Aqui, ali, amparadas no muro,
umas aventureiras e interessantes flores de monturo.

Velhas mestras... Velhas infâncias...
Reminiscências vagas...

O bequinho da escola brinca de esconder.
Corre da Vila Rica – espia a Rua do Carmo.
É um dos mais singulares e autênticos becos de Goiás.
Tem a marca indisfarçada dos séculos
e a pátina escura do Tempo.
Beco recomendado a quem busca o Passado.
Recomendado – sobretudo –
aos poetas existencialistas,
pintores, a Frei Nazareno.
Tem portões vestidos de velhice. Tem bueiro.
Tem muros encarquilhados,
rebuçadinhos de telhas.
São de velhas donas credenciadas
de velhas descendências
– guerreiros do Paraguai.
Bem estreito e sujo
como compete a um beco genuíno.
Esquecido e abandonado,
no destino resumido dos becos,
no desamor da gente da cidade.

Poetas e pintores
românticos, surrealistas, concretistas, cubistas,
eu vos conclamo.
Vinde todos cantar, rimar em versos,

bizarros coloridos,
os becos da minha terra.
Ao meio-dia desce sobre eles,
vertical,
um pincel de luz,
rabiscando de ouro seu lixo pobre,
criando rimas imprevistas nos seus monturos.

De noite... noite de quarto,
a cidade vazia se recolhe
num silêncio avaro, severo.
Horas antigas do passado.
– Concentração.
Almas penadas doutro mundo.
Procissão das almas
vai saindo da porta fechada das igrejas.
Vem vindo pelas ruas.
Desaparecem pelas esquinas.

Responsam pelos becos.
Altas visagens: assombração...
O diabo no corpo...
Lobisomem...

Simbolismo dos velhos avatares.

Caminho dos Morros

O morro do Zé Mole
tem um veeiro
escondido.
Tem um filão
encantado.
Toda gente sabe disso,
não é lenda nem inventação.
É um grosso veeiro,
legítimo, natural,
perdido numa gruna,
afundado numa solapa
que só Pretovelho sabia.

Pretovelho candongueiro,
resto de cativeiro,
morava no Chupa-osso,
lenhava lá no Zé Mole.
Vez por vez
quando nos dias emendados
de chuva

o burro derrengado,
manquitola,
não podia com o cargueiro
de lenha,
Pretovelho,
resto de cativeiro,
no escuro da noite,
sozinho no morro,
metido na sua ronha,
sovertia-se na gruna,
sumia-se na solapa
e
voltava trazendo
a cumbuquinha
de pescoço,
cheia de ouro fino,
sem tarja.

Vendia a seus conhecidos
no comércio da cidade.
Matava sua precisão.

O velho não contava
onde estava
aquele grosso filão.
Só dizia, se queria,
quando instado:
"Deus dá
para o tamanho
da percisão".

O que o povo
não ardilou.
O que o povo
não sofismou.
O que o povo
não especulou
pra Negrovelho contar,
dessa furna,
dessa gruna,
dessa solapa!
Pretovelho calado,
mascando seu fumo.
Pretovelho fechado,
cuspindo de banda.
Pretovelho enleado
na sua ronha.
Nunca dos nunca,
contou
pra seu ninguém
o lugar desse filão.
Só contava que era
maior do que a percisão.

Um dia
Pretovelho,
resto de servidão,
ficou doente,
muito mal
para morrer.
Gente piedosa,
gente inzoneira.

Gente ardilosa da cidade
tomou conta do Negrovelho.
Muito trato, muito caldo,
muito agrado,
pra contar
daquele ouro
que ficava
assim perdido,
sem proveito
depois que Deus o levasse.

Pretovelho estava no fim.
Sentiu aquela gastura.
Aquele frio da morte.
Disse então:
"– a, pois..."
Resolveu publicar
o mistério daquele ouro.
Não queria morrer com o segredo.
Podia vir a penar
por via desse tesouro.

Não era fácil assim
como pensavam.
Não adianta contar.
Ninguém podia acertar.
"– a, pois..."
Que o levassem até lá.
O pusessem morro acima.
O descessem morro abaixo,
que ele então mostraria

aquele veeiro grosso
desse ouro bem guardado,
cobiçado.

Gente piedosa.
Gente astuciosa.
E ardilosa,
da cidade,
o puseram
numa rede
com muito jeito e cuidado.
Suspenderam pelos punhos.
Ajeitaram sobre os ombros.
Barafustaram
pro morro.
Andaram que andaram.
Subiram que subiram.
Desceram que desceram.
Balangando.
Planejando,
então,
tamanho descomunal,
fora da percisão.
Numa cruza de carreiros,
precisaram perguntar
Pretovelho,
dali por diante,
o trilheiro a tomar.

Sopesaram.
Pararam.
Abriram a rede.

116

Perguntaram pelo rumo.
Pretovelho abriu a boca...
Sororoca.
Revirava olhos pra cima.
Repuxava uma carranca...
Sororoca.
Acabava de morrer.

E o ouro do Zé Mole
lá está,
pra quem quiser procurar.

Palácio Conde dos Arcos – Cidade de Goiás. Atualmente Museu do Palácio Conde dos Arcos.

O Palácio dos Arcos

O Palácio dos Arcos
tem estórias de valor
que não quero aqui contar.
Vou contar a estória do soldado carajá.

Era uma vez em Goiás
um soldado, carajá civilizado.
Sabia ler e contar.
Estimado no quartel.
Tinha boa disciplina,
divisas de furriel.

Um dia... era no mês de outubro.
A cidade estava baça
de fumaça das queimadas.
Fazia um calor medonho.
O povo clamava chuva.

O soldado carajá
dava guarda no Palácio
aquele dia.

De repente, ouviu um trovão surdo rolar
do lado da Santa Bárbara.
Rolou outro atrás do primeiro.
Levantou-se um pé de vento,
redemoinho.
Um cheiro forte de terra.

Um cheiro agreste de mato.
Um cheiro de aguada distante.
O soldado carajá,
ninguém sabe o que sentiu.
Acordou dentro de si
uma dura rebeldia.
Uma rude nostalgia.
O grito de sua raça.
Chamados de sua taba.
Aquela mudança de tempo
despertou os seus heredos.

Acordou seus atavismos.
Certo foi...

O bugrinho carajá,
de uma tribo muito mansa do Araguaia,
tinha vindo pequenino pra Goiás.
Foi criado bem-criado
numa casa de família.
Ninguém nunca contou
dondé que ele tinha vindo.
Era mesmo filho da família.
Era igual aos meninos da cidade.

121

Andou na escola. Aprendeu leitura.
Subiu nos morros, apanhou pequi.
Nadou no rio, fisgou cascudo.
Pinchou pedra. Quebrou vidraça.
Vendeu tabuleiro de bolo de arroz.
Jogou bete na rua.
Empinou arraia.
Lançou corsário.
Brigou na regra. Embolou no aloite.
Escreveu indecência nas paredes.
Cresceu. Se fez homem de bem.
Sentou praça na Polícia.
Vestiu fardão escuro, botão dourado,
daquele tempo.
Calçou bota reiuna-canguru legítima,
ringideira.
Botou correame, quepe, mochila,
cinturão, refle-baioneta.
Encostou fuzil no ombro.
Fazia sentinela. Dava ronda.
Rendia guarda, marchava, desfilava.
Era estimado no quartel.

Tinha boa disciplina,
divisas de furriel.
Um dia (era no mês de outubro)
andavam de noite fogaréus vermelhos
queimando os morros.
A cidade estava baça de fumaça
das queimadas.
Fazia um calor medonho.
O povo clamava chuva.

O soldado carajá dava guarda no Palácio.
De repente, ouviu um trovão surdo rolar
do lado da Santa Bárbara.
Rolou outro atrás do primeiro.
Levantou-se um pé de vento,
redemoinho.
Um cheiro forte de terra.
Um cheiro agreste de mato.
Um cheiro de aguada distante.

O soldado carajá, sabe lá o que sentiu.
Acordou dentro de si
uma grande nostalgia.
Uma dura rebeldia.
O grito da sua raça.
Chamados da sua taba.
Aquela mudança de tempo
despertou os seus heredos.
Acordou seus atavismos.

Certo foi que o soldado carajá
(bugre civilizado, sabendo ler e contar)
encostou sua comblém (era no tempo das combléns).
Descalçou a reiuna-canguru legítima, ringideira.
Baixou o quepe, correame,
mochila, refle-baioneta.
Sacou da túnica.
Desceu as calças e o mais que havia,
Saiu correndo pelas ruas.
Nu?
Vestido com seus atavismos.

Coberto com seus heredos.
Alcançou a Barreira do Norte
e sumiu-se no rumo do Araguaia...

Na poeira do bárbaro
atuado pelas forças cósmicas e ancestrais,
ouvia-se o grito selvagem:
... uirerê!... uirerê!... uirerê!...

E era uma vez em Goiás
um soldado de guarda,
civilizado carajá!

A Jaó do Rosário

Tinha uma jaó no Rosário.
Aquela jaó...
diziam que era do frade Zé Maria
que gostava de pássaros
e que se foi.
Ceres... Rialma... Montes-Belos...
Quem sabe lá onde dá sua guarda
o soldado da cruz?

Só ficou lá no convento,
comovente,
o triste canto daquela jaó.

O sino tange na madrugada enluarada.
Sobre os morros recortados
uns longe de alvorada.

O relógio dos frades
martela horas.
Sinos tocam a entrada.
Pecadores vão entrando,
ajoelhando, vão rezando.

Velas acesas. Luzes.
Paramentos brancos.
Liturgia.
Sacerdote no altar.

O amito passado na cabeça
forma o capuz dominicano.
Baixa. E emerge o frade.

Introibo ad altare Dei.
Quia Tu es Deus.
Deus meus, in te confido, non erubescam...

... e começa o canto
daquela jaó.

A Epístola.
São Paulo fala aos coríntios
da nova lei:
"– Se ressuscitaste em Cristo
Procuras as coisas do Alto".
... e continua o canto
daquela jaó.

O menino de branco
mudou a banqueta para a esquerda.
Evangelho de São Mateus:
"Eis que envio diante de tua face
o meu Mensageiro que prepara o teu
caminho adiante de Ti".
"Creio em Deus Pai..."
"Mostrai-nos Senhor a Vossa Misericórdia
e dai-nos a Vossa salvação."

Acompanha o *Confiteor*
daquela jaó.

No centro do altar
o sacerdote prepara-se para o sacrifício:
Abre os braços em cruz.
Baixa a cabeça.
Ora em silêncio.

"... eu sou jaó..."

Calam-se os cânticos.
Silenciam as vozes humanas.
Ablução. O manustérgio.
E o vinho da consagração.

"... eu sou jaó..."

Compunção. Humildade.
Lábios ciciam preces.
Pedidos. Súplicas.
Graças alcançadas.

... sempre ressoando
no santuário
– o canto triste daquela jaó.

O sacerdote benze o vinho.
Parte a hóstia sobre o cálice
que se eleva no mistério da
transubstanciação.
Agora,
não mais o trigo.

Não mais a vide.
Pão de vida.
Corpo e sangue de Cristo.
Deus vivo sobre o altar.

"Tomai e comei.
Este é o meu corpo."
"E este é o meu sangue."
"Fazei isto em memória de mim."

... e canta o Glória,
aquela jaó.

Comunga o sacerdote.
Retine a campainha.
A comunhão dos confessados.

... e continua
louvando a Deus,
aquela jaó.

Retorno ao altar.
Volta a âmbula ao sacrário.
O menino de branco
passa a cobertura para a esquerda.
Já a pátena sobre o cálice.
O *Sanguines* sobre essa.
A coberta do ritual
dá ao cálice a forma litúrgica,
piramidal.
O menino de branco
muda o missal

do lado do Evangelho.
Curtas orações.
A bênção.

"Dominus vobiscum...
Finis missa est..."

"... eu sou jaó..."

"Ave Maria, cheia de graça..."
"Salve rainha, mãe de misericórdia..."

A Deus cantando,
glorificando
até o final
– aquela jaó.

Evém Boiada!

O Fê-Nê-Mê que passou no asfalto
levava bois engaiolados.
E ficou no ar tranquilo da tarde da cidade
– o cheiro do boi. O cheiro da terra...

Eu vi
o cheiro do boi.
Eu vi
cheiro de pasto
maduro, crestado, amarelado.
Capim-colonião sementeado,
pisado. Acamado
e o boi pisando, quebrando, pastando...

Eu vi
chuva mansa chovendo.
Chuva fina caindo.
Capim nascendo, gramando, repolhando.

Eu vi
cheiro de pasto, serenado,
maduro, ressecado.

Eu vi
lameiro de mangueira, repisado.
Cheiro de currais,
estercado, mijado.
Cheiro de saúde,
fecundo, estimulante.

Mangueiras estercadas, lameadas.
Cheiro animal. Cheiro vegetal.
Cheiro de terra, cheiro de vida.

Eu vi
coberta de bezerros
apartados.
Berreiro. Terneiros.
Cheirando, cabritando, marrando.
Bezerro novo,
novinho, molinho.
Boca de bezerro – cheiro de menino
boca de menino – cheiro de bezerro,
mamando, chupando.

Eu vi
vacada
atolada na lama das mangueiras,
grandes ubres apojados.
Brancura virginal – baldes de leite escumando.
Homens trigueiros de permeio:
Bastião. Nicanor. Compadre Deó.
Meu vizinho Joaquim Pires.
Nivaldo, Hemetério.

Eu vi
novilhada mestiçada.
Touros, marruás.
Aspas retorcidas, cumbucadas levantadas.
Morrote de cupim
balançando, balanceando.
Orelhas – muita orelha –
compridas, caídas.
O luxo das barbelas salmilhadas.
O ventre liso, redondo.
A verga. As glândulas do sexo,
enormes, conformadas.
Pelagem luzidia.

Mansidão sisuda, perigosa.
Grandes bois marrucos,
cabresteados, salitrados.
Reprodutores casteados.

Eu vi
boi de carro, emasculado.
Castrado.
Tortura das glândulas esmagadas
– torquês, macete.
Infecundo, manteúdo, forte.
Boa caixa – boi de guia, boi do coice, boi do meio.

Pesado. Apreçado. Refugado, machucado,
separado no meio da vacada.

Sol do meio-dia.

132

Eu vi
no alto, distante,
no cercado, na baixada, no aramado,
na estrada boiadeira,
nuvem grossa, vermelha, dourada de poeira.
"– Evém boiada!..."
Meninos de sítio gritam da porteira.

Eu vi
mulheres de sítio, correndo,
recolhendo peças de roupas preciosas.
Brancos lençóis grosseiros de enormes camas
                                    matrimoniais.
Camisas, saiotes.
Panos encardidos.

"– Evém boiada!..."
Errante, na distância,
nas quebradas, nos pastos, nas estradas,
– o sonido bárbaro do berrante.

"– Evém boiada!..."
Boiadão.

Carretas, carretões, jipes, carros, caminhões
– senhores das estradas
– medrosos, mansinhos,
rodam vagarosos no meio da manada bruta
se abrindo com jeito, devagar,
ao borneio das varas flexíveis.
Cavaleiros. Caminheiros,
nos barrancos.

Imóveis, práticos, destemidos,
miram a boiada que passa, que vai passando.
Gente de apé, adiante,
correndo, voltando, varando, se enfiando
debaixo dos arames
– ganham distância.

E a manada – milhar.
Num movimento tardo, cadenciado,
segue lentamente ingurgitando a estrada.
O ponteiro...
alto, espadaúdo.
Entroncado. Bem-posto.
Estribado, cônscio, valoroso,
abre espaço – dianteira regulada.

A tiracolo o berrante.
Enorme corno volteado,
caprichado, trabalhado
em círculos, prateados, reluzentes.
Impávido na sela. Altivo, compenetrado.
Forte. Vigilante.

Bombachas largas.
Camisa enfeitada de botões – cento de botões.
Bolsões dos lados.
Capoteira na garupa.
Perneiras.
Chapéu de couro-barbicacho.
Atavios esmerados.

134

Passa a boiada lentamente, em marcha
cadenciada...

Mili bois...
Quatro mili cascos, cortando,
esfarelando, pulverizando a estrada.
Nuvem grossa de poeira vermelha,
se acamando pelos sítios, pastos, cercados e aramados.

Distante
o vulto impressionante do ponteiro.
O primeiro a atalhar, a morrer, a se perder
ao estouro da boiada.
Macho sertanejo.
Cavaleiro centauro.
Guapa sela ataviada.
Marco vivo na frente das boiadas.
Marca viva das estradas do sertão.

Errante
nas baixadas, chapadas, quebradas e distância
– o sonido bárbaro do berrante.

" – Evém boiada!..."
Meninos de sítio,
encarapitados nas porteiras,
do alto dos moirões
gritam:
"– Evém boiada!..."

135

Trem de Gado

E as boiadas vêm descendo do sertão!
Safra, entressafra...
Mato Grosso. Minas. Goiás.
Caminhos recruzados. Pousos espalhados.
Estradas boiadeiras. Aguada...
Pastos e gerais.
Cerrados. Cerradões.
Compáscuos...
Cercados. Aramados.
Corredores.
Nhecolândia. Pantanal.
Cochim.
Campos de Vacaria. Dourados. Maracaju.
Rio Verde.
Santana do Paranaíba. Serras do Amambaí.
Criatório...
Boiadeiros. Fazendeiros.
Comissários. Criadores.
Invernistas. Recria.
Trem de gado ronceiro...
jogando, gingando

nos cilindros, nos pistões, nas bielas e nos truques.
Rangendo, chocalhando,
estrondando nas ferragens.

Resfôlego de vapor.
Locomotiva crepitando, fagulhando,
apitando, sinalando, esguichando, refervendo.

Chiados, rangidos, golfadas, atritos, apitos.
Bandeira vermelha que se agita.
Bandeira verde da partida.
E o resfolegar do trem que vem, do trem que vai...

Trem de gado engaiolado, parado
na plataforma, na esplanada.
Gente que passa
– para.

Corre os olhos. Conta as gaiolas. Avalia. Sopesa.
Soma. Dá o cômputo.
Espia. Mexe. Recua.
Procura agitar os bois famintos, sedentos.
Cansados, enfarados, pressionados.

Ribombos no tabuado.
Ameaçar inútil.
Coice. Chifres entrechocantes.
Traseiros esbarrondando.
Grades lameadas. Gaiolas estercadas, respingantes.

... e o boi que se deita exausto...
Exaustos, esfomeados, sedentos, engaiolados,
cansados.

137

Estradas de ferro ronceiras.
Longas viagens demoradas,
rotineiras.
Composição parada nos desvios – tempo
aguardando horário, partida, sinal...
Bandeira verde, apito...

Eu vi
o boi deitado, exausto.
Pisado. Mijado. Sujo. Escoiceado.
Quartos encolhidos. Juntas dobradas. Cabo inerte.
Olhar vidrado.
Vencido.

Encosta na paleta a cabeçorra enorme.
Começa a morrer.
Morre devagar... dias, noites...
Arrancos inúteis.
Mugido parco. Lúgubre...
Estrebuchar de agonia.

Emporcalhado – estira os quartos.
Alonga o pescoço. Encomprida o cabo.
Língua de fora, de lado.
Olhos abertos. Vidrados.
Morre o boi.
Olhos abertos, vidrados
vendo – o pasto verde,
o barreiro salitrado, a aguada fria, cantante,
distante...

Eu vi
a alma do boi pastando, lambendo, bebendo,
nas invernadas do Céu.
Eu vi – de verdade –
a alma do boi – boizinho pequenino,
entrando, deitando alegrinho
na lapinha de Belém.

Pouso de Boiadas

*Poso di boiada tá
marcado nessa taba
di portera.
(Publicidade Sertaneja)*

Pouso de boiadas...
– a espaço.
Nas dobras,
nas voltas,
no retorcido das estradas.

Pouso das boiadas,
à s'tância
das marchas calculadas.
Porteira a cadeado.
Xiringa de contagem.
O gado cansado
recanteado, esmorecido,
espera.
Um mar de rebuliços misturados,
de ancas, de patas, de dorsos e de chifres,

vai entrando engarrafado
na xiringa da contagem.

"... aperta não." "Segura..." "Froxa..."
"Dez, vinte, trinta, cinquenta,
Cem. Duzentos e cinquenta,
trezentos, quatrocentos,
Quinhentos..."

"Cerra..." "Abre..." "Mili..."
"Miiili... duzentos e dezoito"
– marcados em golpes de cinquenta
num talo de capim.
No espigão, o rancho.
O ponteiro adiante,
se apeia, desarreia.
Estira o corpo.
Pendura no gancho
o berrante.

Pensa em nada, besteira.
Mira a boiada
que vai entrando,
abocando o pasto rapado do cercado.

A boiada se alarga
rumo da aguada.
"– Aguada boa é o que vale."
Marcha, marcha batida,
calculada
pela s'tância dos pousos espalhados.

A culatra vem vindo devagar.
Duas marchas para trás.
Bois estropiados, feridos, machucados,
remancando, passo a passo.
Boi meio morto,
querendo só deitar,
se acabar de uma vez
pelo caminho.
Arrenegado,
levanta o boi, xinga nome,
se dana – o culatreiro.

O rancho.
O fogo.
A trempe.
O caldeirão.
O cozinheiro.

Redes estendidas,
amarradas no esteado.
Tropa. Burrama derramada.
Antes, depois de arraçoada
se espojam no terreiro.
Sacodem pelos – manifestos.
Bufam. Relincham.
Procuram uns morder os outros.
Escoiceiam.

A boiada se espalha
Beiradeando a cerca.

"– Manelão, dá reparo
no cercado;
vigia se tem passage
por onde boi escapa"
– manda o comissário.

Janta. Café. Golada...
Descanso nas redes,
nos pelegos, pelo chão.
Morre o fogo do cozinheiro.
Conversa à toa,
rede a rede.
Lume de cigarro.
Faísca de isqueiro.
Longe, retardado,
buzina um caminhão.

A boiada, cansada,
esmorecida,
deitada,
rumina, remastiga.
Troca os bolos,
num sobe-desce
intervalado.

Conversa sem sentido.
Os homens estirados
nas redes e nos forros,
assuntam de mulheres...
– Fêmea. Erotismo de macho.
Palavreado obsceno.

Cheiro de terra.
Cheiro da noite.
Cheiro de boi.

Manelão canta sozinho.
Manelão canta baixinho.
Moda de mulher.
... Dola... Xandrina...
... o chamado obscuro, sexual.

Pontual,
o comissário tira um caderninho.
Faz contas, concentrado.
Acerta o pouso.
Nhecolândia... Andradina...
70 marchas...
O culatreiro...
22 na culatra.
10 na arribada do quebraçal...
Esmorece a luz do candeeiro.
O presente se adensa na distância sonolenta.
A boiada saindo a custo do monchão. Berrando...
Berra triste, boi do pantanal.
O vaqueiro, no cavalo pantaneiro,
lida o boi pelos temerários caminhos d'água.
Encostado na garupa do boi,
enganchado no quarto do boi,
vai chamando no seu jeito.
Vai levando no seu jeito.
Vai tirando no seu jeito
dos corrichos, do banhado.
– Vaqueiro do pantanal – macho igualado.

Boiada recebida, recontada,
no seco, na planura, na largada.
Bem longe do monchão.
Boi pantaneiro de casco mole,
querendo sempre voltar,
à querência.
Urrando. Enchendo o sertão, a solidão
de berros comoventes, diferentes.
Quebrando. Sangrando.
Endurecendo o casco mole
no cascalho das estradas.

Na passagem do carandazal,
a boiada parada,
deitada,
muge, nhaca, baba, lambe os cascos
– pegou febre.

Pantanal...
Fundão de Mato Grosso.
Andradina: porta de São Paulo.

Boi pantaneiro, miúdo, desmerecido.
Pequeno, suberbio, crioulo legitimado.
Não aceita mestiçagem
nem cruza com zebu,
nelore ou guzerá.
Recobra. Ganha peso.
Demuda nos bons pastos.

Dois mil e quinhentos bois consignados.
Dois golpes pegando estrada.

Mil duzentos e cinquenta cada um.
Papelada...
Imposto. Taxas *ad-valorem*...
Barreiras... coletorias... Maçada.
22 na culatra,
10 na arribada – entre vivos e mortos.

O grosso vai ali,
rumo das invernadas,
frigoríficos, charqueadas.

Cheiro de terra.
Cheiro da noite.
Cheiro de boi.

Manelão canta em surdina,
Manelão canta baixinho,
Manelão canta sozinho
toada de mulher.
Dola... Xandrina...
O rude chamado sexual.

A saga bárbara
dos boiadeiros.

Cântico de Andradina

Terra moça. Mata virgem.
Reserva florestal.
O homem investe a selva.
Foice, machado, fogo.
Estrondo das figueiras centenárias.
Clamor dos troncos decepados.
Galhada que se verga e quebra
ressoando na acústica vegetal.
E o grito triunfal dos machadeiros!...

Tocha olímpica das queimadas.
Fogo ancestral...
E na cinza das coivaras,
os marcos de uma cidade.

Posse. Vinculação.
Desbravamento. Lastro. Variante.
Descrença dos vencidos.
Deserção.
E ao cântico de fé dos vencedores,
surge uma cidade nova

na confluência de dois rios.
– O sonho euclideano.

Loteação.
Rumos. Picadas.
Marcos. Balizas.
Terras de venda.
Terras de renda.

Dadas. De graça.
Vendidas a prestação.

Medianas. Medianas...
Paralelas. Paralelas...
Patrimônios. Patrimônios...
Doações felizes – interesseiras.

Pastos. Mangueirões.
Capim-colonião.

Touros e vacadas.
Potrancas e garanhões.
Procriação.
Nas mangueiras
ninguém se escandaliza
de ver o macho
na sua genes de reprodutor
fecundando as fêmeas.

Aboio do ponteiro.
Mugido das boiadas
que vão pelas estradas
no passo das culatras.

148

Relincho das montadas.
Galope do vaqueiro.
Retardo da arribada.

Cinza das queimadas.
Carvão das caieiras.
Pam-pam dos machados
nas perobeiras das derrubadas.
... e o grito triunfal dos machadeiros!...

Milagre bandeirante.
Gente de todos os quadrantes.
Sonho milionário.
Fazenda Guanabara.
Sonho proletário

– dono de lote – rancho de barrote
retocado de coqueiro.

Gente de fora vem subindo a variante
com penca de filhos.
"Riqueza de pobre é filho" – diz o ditado.
Gente da terra.

Propaganda.
Fazendeiro.
Cano de bota. Chapéu de cortiça.
Dono de lote, calça de mescla, sapatão.
Galpão de barrote coberto de tabuinha.

Pião.
Cama de vara. Barriga-verde.

149

Pau de arara.
Machadeiro.
Picadeiro.
Empreiteiro.
Mascate. Picareta.
Corretores. Banqueiros.
Agenciadores. Aventureiros.
Sobras de outros cantos.
Fracassados.

Recuperação.
Recompensa.
Lugar para todos.
Sol para todos.
Terras para quem quiser.
Gente da gleba aqui resgata o abandono
secular.

Pam-pam!... pam-pam!...
Machado nas perobeiras...

... e o grito triunfal dos machadeiros
ressoa na acústica vegetal.

Cidade de Santos

Sombras de Martim Afonso.
Brás Cubas, Navarro, Anchieta.
Mangue pestilento.
Tabas do íncola bravio.
Brasil novo, minha gente.

Revivo os dias do Brasil passado,
nestas praias de Santos,
batidas de sol e beijadas pelo Atlântico.

Evocação do burgo, inicial e rude.
Uma coroa de terra, ressaindo do escuro charco,
cerrada de morros inóspitos, agressivos.
Pântano, mangue, praias submersas, o lagamar.

A bota ferrada do conquistador
avança imperativa e audaz.
Na baliza do trabuco alçado
a planta firme do negro,
os artelhos ágeis e sutis do índio.
Apontando o mostrador do Tempo.

Traçando rumos à História do futuro,
os vultos austeros de Nóbrega,
José de Paiva, Anchieta.

O descobridor valente avança destemido.
Vence Paranapiacaba e, alargando trilhas,
sobe lentamente, decidido.
Conquista a serrania imensa.
Firma-se no Planalto,
e gesta Piratininga.

Revejo os dias do Brasil passado
nesta cidade autêntica no estilo lusitano.
Nestas velhas igrejas de barroco original.
Nestas ruas estreitas, desiguais.
Nestas frentes vestidas de azulejos.
Nos portais de pedra destas casas de beirais.

Revivo as eras do Brasil primevo
nestas ruas de Santos, de nomes legendários:
Manoel da Nóbrega, Brás Cubas,
Fernão Dias, Tibiriçá, Anchieta.
Escola de Sagres... Caravelas e veleiros.
Naus do descobrimento.
Mestres marinheiros,
reis dos mares oceanos.

Marujos e gajeiros.
Velho Portugal de meus avós.
Rudo tronco ancestral, genealógico.
Minas e bandeiras, cidades e forais.
Unidade de raça, de língua, de ética, de costumes.

152

Heredos e atavismos, nômades e sedentários...
Assimilação e repulsa.
Afro, luso, ameríndio.
Tateio entre as raças donde provenho
para o desconhecido dos destinos.

Combatendo a mim própria,
procuro conjugar estranha sensação
de ser e de não ser...
Afro, lusitano e bugre
– sou a herança hesitante de vós três.

Praias de Santos...
Íncolas e lusos.
Fidalgos e plebeus.
Negros da Costa d'África.
Piratas e salteadores.
Traficantes e bastardos.
Frades e judeus
pisaram estas areias
e se acoitaram nestes recantos.

Igreja de Nossa Senhora da Abadia – *Cidade de Goiás. Construída pelo padre Salvador dos Santos Batista em 1790, destaca-se pelo seu campanário, vergas triboladas das janelas e das portas, pelo retábulo com imagem de Veiga Valle, e pelo teto pintado em perspectiva.*

Oração do Milho

Introdução ao Poema do Milho

Senhor, nada valho.
Sou a planta humilde dos quintais pequenos e das
                      lavouras pobres.
Meu grão, perdido por acaso,
nasce e cresce na terra descuidada.
Ponho folhas e haste, e se me ajudardes, Senhor,
mesmo planta de acaso, solitária,
dou espigas e devolvo em muitos grãos
o grão perdido inicial, salvo por milagre,
que a terra fecundou.
Sou a planta primária da lavoura.
Não me pertence a hierarquia tradicional do trigo
e de mim não se faz o pão alvo universal.
O Justo não me consagrou Pão de Vida, nem
              lugar me foi dado nos altares.
Sou apenas o alimento forte e substancial dos que
trabalham a terra, onde não vinga o trigo nobre.
Sou de origem obscura e de ascendência pobre,
alimento de rústicos e animais do jugo.

Quando os deuses da Hélade corriam pelos bosques,
coroados de rosas e de espigas,
quando os hebreus iam em longas caravanas
buscar na terra do Egito o trigo dos faraós,
quando Rute respigava cantando nas searas de Booz
e Jesus abençoava os trigais maduros,
eu era apenas o bró nativo das tabas ameríndias.

Fui o angu pesado e constante do escravo na exaustão
do eito.
Sou a broa grosseira e modesta do pequeno sitiante.
Sou a farinha econômica do proletário.
Sou a polenta do imigrante e a miga dos que começam
a vida em terra estranha.
Alimento de porcos e do triste mu de carga.
O que me planta não levanta comércio, nem avantaja
dinheiro.
Sou apenas a fartura generosa e despreocupada dos
paióis.
Sou o cocho abastecido donde rumina o gado.
Sou o canto festivo dos galos na glória do dia que
amanhece.
Sou o cacarejo alegre das poedeiras à volta dos
seus ninhos.
Sou a pobreza vegetal agradecida a Vós, Senhor,
que me fizestes necessário e humilde.
Sou o milho.

Poema do Milho

Milho...
Punhado plantado nos quintais.
Talhões fechados pelas roças.
Entremeado nas lavouras.
Baliza marcante nas divisas.
Milho-verde. Milho seco.
Bem-granado, cor de ouro.
Alvo. Às vezes vareia,
– espiga roxa, vermelha, salpintada.

Milho virado, maduro, onde o feijão enrama.
Milho quebrado, debulhado
na festa das colheitas anuais.
Bandeira de milho levada para os montes,
largada pelas roças.
Bandeiras esquecidas na fartura.
Respiga descuidada
dos pássaros e dos bichos.

Milho empaiolado...
Abastança tranquila

do rato,
do caruncho,
do cupim.
Palha de milho para o colchão.
Jogada pelos pastos.
Mascada pelo gado.
Trançada em fundos de cadeiras.

Queimada nas coivaras.
Leve mortalha de cigarros.
Balaio de milho trocado com o vizinho
no tempo da planta.
"– Não se planta, nos sítios, semente da mesma terra."

Ventos rondando, redemoinhando.
Ventos de outubro.

Tempo mudado. Revoo de saúva.
Trovão surdo, tropeiro.
Na vazante do brejo, no lameiro,
o sapo-fole, o sapo-ferreiro, o sapo-cachorro.
Acauã de madrugada
marcando o tempo, chamando chuva.
Roça nova encoivarada,
começo de brotação.
Roça velha destocada.
Palhada batida, riscada de arado.
Barrufo de chuva.
Cheiro de terra, cheiro de mato.
Terra molhada. Terra saroia.
Noite chuvada, relampeada.
Dia sombrio. Tempo mudado, dando sinais.

Observatório: lua virada. Lua pendida...
Circo amarelo, distanciado,
marcando chuva.
Calendário, Astronomia do lavrador.

Planta de milho na lua nova.
Sistema velho colonial.
Planta de enxada.
– Seis grãos na cova,
quatro na regra, dois de quebra.
Terra arrastada com o pé,
pisada, incalcada, mode os bichos.

Lanceado certo-cabo-da-enxada.
Vai, vem... sobe, desce...
Terra molhada, terra saroia...
– Seis grãos na cova; quatro na regra, dois de quebra.
Sobe. Desce...
Camisa de riscado, calça de mescla.
Vai, vem...
golpeando a terra, o plantador.

Na sombra da moita,
na volta do toco – o ancorote d'água.

Cavador de milho, que está fazendo?
Há que milênios vem você plantando.
Capanga de grãos dourados a tiracolo.
Crente da terra. Sacerdote da terra.
Pai da terra.
Filho da terra.
Ascendente da terra.

160

Descendente da terra.
Ele, mesmo, terra.

Planta com fé religiosa.
Planta sozinho, silencioso.
Cava e planta.
Gestos pretéritos, imemoriais.
Oferta remota, patriarcal.
Liturgia milenária.
Ritual de paz.

Em qualquer parte da Terra
um homem estará sempre plantando,
recriando a Vida.
Recomeçando o Mundo.

Milho plantado; dormindo no chão, aconchegados
seis grãos na cova.
Quatro na regra, dois de quebra.
Vida inerte que a terra vai multiplicar.

Evém a perseguição:
o bichinho anônimo que espia, pressente.
A formiga-cortadeira – quenquém.
A ratinha do chão, exploradeira.
A rosca vigilante na rodilha.
O passo-preto vagabundo, galhofeiro,
vaiando, sirrindo...
aos gritos arrancando, mal aponta.
O cupim clandestino
roendo, minando,
só de ruindade.

E o milho realiza o milagre genético de nascer.
Germina. Vence os inimigos.
Aponta aos milhares.
– Seis grãos na cova.
– Quatro na regra, dois de quebra.
Um canudinho enrolado.
Amarelo-pálido,
frágil, dourado, se levanta.
Cria sustância.
Passa a verde.
Liberta-se. Enraíza.
Abre folhas espaldeiradas.
Encorpa. Encana. Disciplina,
com os poderes de Deus.

Jesus e São João
desceram de noite na roça,
botaram a bênção no milho.
E veio com eles
uma chuva maneira, criadeira, fininha,
uma chuva velhinha,
de cabelos brancos,
abençoando
a infância do milho.

O mato vem vindo junto.
Sementeira.

As pragas todas, conluiadas.
Carrapicho. Amargoso. Picão.
Marianinha. Caruru-de-espinho.
Pé-de-galinha. Colchão.

162

Alcança, não alcança.
Competição.
Pac... Pac... Pac...
a enxada canta.
Bota o mato abaixo.
Arrasta uma terrinha para o pé da planta.
"– Carpa bem-feita vale por duas..."
quando pode. Quando não... sarobeia.
Chega terra. O milho avoa.

Cresce na vista dos olhos.
Aumenta de dia. Pula de noite.
Verde. Entonado, disciplinado, sadio.

Agora...
A lagarta da folha,
lagarta rendeira...
Quem é que vê?
Faz renda da folha no quieto da noite.
Dorme de dia no olho da planta.
Gorda. Barriguda. Cheia.
Expurgo... Nada... força da lua...
Chovendo acaba – a Deus querê.

"– O mio tá bonito... "
"– Vai sê bão o tempo pras lavoras todas..."
"– O mio tá marcando..."
Condicionando o futuro:
"– O roçado de seu Féli tá qui fais gosto...
Um refrigério!"
"– O mio lá tá verde qui chega a s'tar azur..."
– Conversam vizinhos e compadres.

163

Milho crescendo, garfando,
esporando nas defesas.
Milho embandeirado.
Embalado pelo vento.

"Do chão ao pendão, 60 dias vão."

Passou aguaceiro, pé de vento.
"– O milho acamou..." "– Perdido?"... "– Nada...
Ele arriba com os poderes de Deus..."
E arribou mesmo, garboso, empertigado, vertical.

No cenário vegetal
um engraçado boneco de frangalhos
sobreleva, vigilante.
Alegria verde dos periquitos gritadores...
Bandos em sequência... Evolução...
Pouso... retrocesso.

Manobras em conjunto.
Desfeita formação.
Roedores grazinando, se fartando,
foliando, vaiando
os ingênuos espantalhos.

"Jesus e São João
andaram de noite passeando na lavoura
e botaram a bênção no milho."
Fala assim gente de roça e fala certo.
Pois não está lá na taipa do rancho
o quadro deles, passeando dentro dos trigais?
Analogias... Coerências.

164

Milho embandeirado
bonecando em gestação.
– Senhor!... Como a roça cheira bem!
Flor de milho, travessa e festiva.
Flor feminina, esvoaçante, faceira.
Flor masculina – lúbrica, desgraciosa.

Bonecas de milho túrgidas,
negaceando, se mostrando vaidosas.
Túnicas, sobretúnicas...
Saias, sobressaias...
Anáguas... camisas verdes.
Cabelos verdes...
Cabeleiras soltas, lavadas, despenteadas...
– O milharal é desfile de beleza vegetal.

Cabeleiras vermelhas, bastas, onduladas.
Cabelos prateados, verde-gaio.
Cabelos roxos, lisos, encrespados.
Destrançados.
Cabelos compridos, curtos,
queimados, despenteados...
Xampu de chuvas...
Fragrâncias novas no milharal.
– Senhor, como a roça cheira bem!...

As bandeiras altaneiras
vão-se abrindo em formação.
Pendões ao vento.
Extravasão da libido vegetal.
Procissão fálica, pagã.
Um sentido genésico domina o milharal.

Flor masculina erótica, libidinosa,
polinizando, fecundando
a florada adolescente das bonecas.

Boneca de milho, vestida de palha...
Sete cenários defendem o grão.
Gordas, esguias, delgadas, alongadas.
Cheias, fecundadas.
Cabelos soltos excitantes.
Vestidas de palha.
Sete cenários defendem o grão.
Bonecas verdes, vestidas de noiva.
Afrodisíacas, nupciais...

De permeio algumas virgens loucas...
Descuidadas. Desprovidas.
Espigas falhadas. Fanadas. Macheadas.

Cabelos verdes. Cabelos brancos.
Vermelho-amarelo-roxo, requeimado...
E o pólen dos pendões fertilizando...
Uma fragrância quente, sexual
invade num espasmo o milharal.

A boneca fecundada vira espiga.
Amortece a grande exaltação.
Já não importam as verdes cabeleiras rebeladas.
A espiga cheia salta da haste.
O pendão fálico vira ressecado, esmorecido,
no sagrado rito da fecundação.

Tons maduros de amarelo.
Tudo se volta para a terra-mãe.

O tronco seco é um suporte, agora,
onde o feijão-verde trança, enrama, enflora.

Montes de milho novo, esquecidos,
marcando claros no verde que domina a roça.
Bandeiras perdidas na fartura das colheitas.
Bandeiras largadas, restolhadas.
E os bandos de passo-pretos galhofeiros
gritam e cantam na respiga das palhadas.

"Não andeis a respigar" – diz o preceito bíblico.
O grão que cai é o direito da terra.
A espiga perdida – pertence às aves
que têm seus ninhos e filhotes a cuidar.
Basta para ti, lavrador,
o monte alto e a tulha cheia.
Deixa a respiga para os que não plantam nem colhem.
– O pobrezinho que passa.
– Os bichos da terra e os pássaros do céu.

Minha Infância

(Freudiana)

Éramos quatro as filhas de minha mãe.
Entre elas ocupei sempre o pior lugar.
Duas me precederam – eram lindas, mimadas.
Devia ser a última, no entanto,
veio outra que ficou sendo a caçula.

Quando nasci, meu velho Pai agonizava,
logo após morria.
Cresci filha sem pai,
secundária na turma das irmãs.

Eu era triste, nervosa e feia.
Amarela, de rosto empalamado.
De pernas moles, caindo à toa.
Os que assim me viam – diziam:
"– Essa menina é o retrato vivo
do velho pai doente".
Tinha medo das estórias
que ouvia, então, contar:
assombração, lobisomem, mula sem cabeça.

Almas penadas do outro mundo e do capeta.
Tinha as pernas moles
e os joelhos sempre machucados,
feridos, esfolados.
De tanto que caía.
Caía à toa.

Caía nos degraus.
Caía no lajedo do terreiro.
Chorava, importunava.
De dentro a casa comandava:
"– Levanta, moleirona".

Minhas pernas moles desajudavam.
Gritava, gemia.
De dentro a casa respondia:
"– Levanta, pandorga".

Caía à toa...
nos degraus da escada,
no lajeado do terreiro.
Chorava. Chamava. Reclamava.
De dentro a casa se impacientava:
"– Levanta, perna-mole..."

E a moleirona, pandorga, perna-mole
se levantava com seu próprio esforço.

Meus brinquedos...
Coquilhos de palmeira.
Bonecas de pano.
Caquinhos de louça.

169

Cavalinhos de forquilha.
Viagens infindáveis...
Meu mundo imaginário
mesclado à realidade.

E a casa me cortava: "menina inzoneira!"
Companhia indesejável – sempre pronta
a sair com minhas irmãs,
era de ver as arrelias
e as tramas que faziam
para saírem juntas
e me deixarem sozinha,
sempre em casa.

A rua... a rua!...
(Atração lúdica, anseio vivo da criança,
mundo sugestivo de maravilhosas descobertas)
– proibida às meninas do meu tempo.
Rígidos preconceitos familiares,
normas abusivas de educação
– emparedavam.

A rua. A ponte. Gente que passava,
o rio mesmo, correndo debaixo da janela,
eu via por um vidro quebrado, da vidraça
empanada.

Na quietude sepulcral da casa,
era proibida, incomodava, a fala alta,
a risada franca, o grito espontâneo,
a turbulência ativa das crianças.

Contenção... motivação... Comportamento estreito,
limitando, estreitando exuberâncias,
pisando sensibilidades.
A gesta dentro de mim...
Um mundo heroico, sublimado,
superposto, insuspeitado,
misturado à realidade.

E a casa alheada, sem pressentir a gestação,
acrimoniosa repisava:
"– Menina inzoneira!"
O sinapismo do ablativo
queimava.

Intimidada, diminuída. Incompreendida.
Atitudes impostas, falsas, contrafeitas.
Repreensões ferinas, humilhantes.
E o medo de falar...
E a certeza de estar sempre errando...
Aprender a ficar calada.
Menina abobada, ouvindo sem responder.

Daí, no fim da minha vida,
esta cinza que me cobre...
Este desejo obscuro, amargo, anárquico
de me esconder,
mudar o ser, não ser,
sumir, desaparecer,
e reaparecer
numa anônima criatura
sem compromisso de classe, de família.

171

Eu era triste, nervosa e feia.
Chorona.
Amarela de rosto empalamado,
de pernas moles, caindo à toa.
Um velho tio que assim me via
dizia:
"– Esta filha de minha sobrinha é idiota.
Melhor fora não ter nascido!"

Melhor fora não ter nascido...
Feia, medrosa e triste.
Criada à moda antiga,
– ralhos e castigos.
Espezinhada, domada.
Que trabalho imenso dei à casa
para me torcer, retorcer,
medir e desmedir.
E me fazer tão outra,
diferente,
do que eu deveria ser.
Triste, nervosa e feia.
Amarela de rosto empapuçado.
De pernas moles, caindo à toa.
Retrato vivo de um velho doente.
Indesejável entre as irmãs.

Sem carinho de Mãe.
Sem proteção de Pai...
– melhor fora não ter nascido.

E nunca realizei nada na vida.
Sempre a inferioridade me tolheu.
E foi assim, sem luta, que me acomodei
na mediocridade de meu destino.

Casa Velha da Ponte – *Cidade de Goiás.* "Velho documentário de passados tempos, vertente viva de estórias e de lendas. Meus anseios extravasaram a velha casa. Arrombaram portas e janelas e eu me fiz ao largo da vida. Vestida de cabelos brancos voltei à 'Casa Velha da Ponte', barco centenário – encalhado no Rio Vermelho."

Cora Coralina, Meu Livro de Cordel.

Cora Coralina nasceu e residiu nesta casa.

SEGUNDA PARTE

As Tranças da Maria

O caso do Izé da Badia...
Era do que a gente falava.
Era só o que se ouvia.

O Izé ficou leso, atoado pelos campos...
Perdeu sua fé de vaqueiro
consagrado nas vaquejadas.
Não mais seu canto violeiro,
seu chamado boiadeiro.
O aboio do seu berrante
que a gente ouvindo distante
dava a pinta do ponteiro:
Lá evai o Izé da Badia,
o rei dos vaqueiros.

Chamava, o boi escutava.
Falava, o zaino entendia.
Cantava, as moças sorriam.
E agora... Tanta moça pelo mundo
e ele à procura de Maria.
Maria que sumiu

buscando seu pote d'água
no corgo de vista a casa.
O pote cheio, já no barranco.
A rodilha posta de lado.
A cuia se balançando.

E Maria... Aonde foi Maria?
Na garupa de um vaqueiro
desconhecido dali
buscando boi de arribada.
Falavam rindo as comadres
pelas portas, conversando.
Moça não tem pensar...
Noiva do Izé da Badia.
Memória já no dedo.
Bragal bordado na arca.

Vestido branco rendado.
Vestido de damacê.
Banhos já recorridos.
Casamento certo, marcado
no dia da Santa Assunção,
sendo padrinho o patrão
dono de campos e gado.

E agora... aquela armada.
A moça no seu sumiço.
O Izé leso sem mais ideias
pelos campos sem destino
à procura de Maria.
Galhofa dos companheiros...
"Cadê o sedém da Maria, Izé?"...

Os sedenhos da Maria...
Seus cabelos ondulados.
Manto solto se penteava.
Nua, encobria as formas.
Basta cabeleira negra
dos joelhos vinham abaixo.
Dos tornozelos passavam.

Duas tranças bem trançadas
– rédea dos corações.
Izé da Badia, moço, vaqueiro de fama
amarrado para sempre
no sedenho da Maria.

A mãe de Maria
novenou a Santo Antônio.
Reza nova emprazou:
Menino de Jesus de Praga.
Foi no Centro de Kardec,
fez grandes invocações.

Baixou o Espírito Guia:
– Maria desencarnada.
Espírito limpo no espaço.
Fizessem suas boas preces.
Não mais chorassem por ela.

Sinalassem, pediu a Mãe.
Sinais, teriam a seu tempo.
Resumiu o Guia pela boca do aparelho.

Maria com seu pote de barro
buscando água no riachinho.

O pote cheio já no barranco.
A rodilha posta de lado.
A cuia se balançando.
E Maria nunca mais voltou.
Ninguém viu nada.
Ninguém ouviu nada.
O mato guardou seus segredos escuros.

Maria se foi na garupa
de um vaqueiro, desconhecido dali,
buscando boi de arribada.
Tagarelavam as comadres
nos fuxicos de terreiro
pelas portas conversando.

Falou a velha Ambrosina:
– No mato tem bicho ruim...
A triste sorte da moça
fora dessas conversas...

Tia s'tá caducando...
um corguinho desses nada
tem bicho fera nenhum...
Isso sim cabeceiras altas,
volumes de água lagoas... pode sê.
Não esse corguinho, coisinha
tão à toa!...

Tem brejo nas cabeceiras...
Catando lenha eu vi
o espojeiro da bicha,
faz tempo, ninguém me tira...
Voltei lá mais não.

182

Ao demais, seu Malaquias
viu o sujo dela detrás do toco do embiruçu
e lá no embrejado, tejuco amassado,
e a porca de seu Ricardino
que deixou as crias...

Conversas. Seu Malaquias
é caçador, conta estórias...
metê medo a menino.
A porca de seu Ricardino
era varadeira de cerca,
levou tiro, urubu comeu.

A velha calou. Invocou Nossa Senhora,
São Marcos. Almas Benditas...
Hão de mostrar, mais dia menos dia.

O pai de Maria bateu estradas,
vizinhança, corrutela.
Indagou de sua filha.
Ninguém deu sinal dela.

Entrou em cidade grande
com juiz, delegado e praças.

Procurou a autoridade
e fez a queixa no usual
dando todos os sinais.
Maria das Graças de nome.
Registrada no Civil,
batizada no Cristã.
Moça feita. Igualada de bons dentes
sem falha nem ponto de ouro.

183

Nem alta nem baixa.
Meiã de altura.
Cintura fina de duas mãos abarcar.
Boas cores de sadia. Moça da roça assinando o nome,
lendo por cima.
Seu sinal de maior:
duas tranças bem fornidas
alcançando a barra da saia,
barrendo o chão.

O escrivão anotou em livro
e prometeu no vago: providenciar.
O Pai seguiu seu destino.
Andou em ruas de arrabaldes,
encarou com tanta moça
pensando ser sua filha.
Entrou em "Casa de Mulheres"
marcadas de luz vermelhas.
Deu todos os seus sinais
sem esquecer as tranças negras.
Na sua angústia de Pai,
mesmo que fosse ali
queria encontrar sua filha.
As mulheres assanhadas
ouviam compenetradas,
penalizadas do Pai.
Uma ria, outra chorava.
Ninguém tinha visto Maria.

Foi na cartomante
acreditada.

Contou seus pesares, suas penas.
O escuro daquele caso
pediu para clarear.
A verdade as cartas podiam contar.
O baralho baralhado.
Cortado e recortado em cruz.
Veio o naipe de espada.
O valete de paus.
A dama de luto, o rei do agouro.

A cartomante fechada, cerrada,
atuada, invocava as fontes
da Cabala...

Pouca esperança. Luto presente...
Se consolasse com o destino de sua filha.
Sinais?... Teriam a seu tempo.

O Pai voltou. Aquietou.
Lavrou tosca cruz de aroeira.
Fincou no barranco ao lado do pote.
Acendeu lamparina-dia-e-noite
rogando os avisos do destino de sua filha.

Izé da Badia se refez.
Voltou a vaquejar.
Levar e trazer boiadas,
sertão adentro, estradas afora.
O aboio de seu berrante
que se ouvia distante
era um chamado constante
da sua noiva Maria.

Já o cego desvalido
pedinte das romarias
tinha posto moda,
rimado versos e traçado na viola
a romança da Maria.

Juntava gente nas feiras,
abria uma grande roda.
Trovadores no desafio
violeiros na viola.
Sempre a triste e chorada estória
do sumiço da Maria.

Até crianças de sítio
nos folguedos de terreiro,
nos seus brinquedos de roda,
uma ou outra se escondia.
Iam todas procurar
no faz de conta Maria.

O tempo fez o seu giro.
As estações se trocaram.
Passou o rolo compressor
nas estradas consertando.
Também nos corações.
o compressor do tempo apagando.

Foi depois de tudo isso passado,
contado e recontado que vieram
os caçadores e suas matilhas de caça.

Pararam na porteira do sítio.
Tomaram chegada.

Sentaram, conversaram.
– Caçadores de onça.
Pediram suas carecidas informações,
gente de longe...
Ouviram pela milésima vez a estória
do sumiço da Maria.
– Que havia de voltar – disseram – compadecidos
e filhos para os velhos apadrinhar.

Provera a Deus, responderam
consabidos na sua magra esperança.

Tomado o café da hospitalidade sertaneja
voltaram às suas montadas.
– Caçadores de onça...
Suas trelas ansiosas, vivas,
saltitantes, alçadas, sentindo
e pressentindo a caça em todos
os cheiros novos da terra, dos ares
e das matas.

Tinham que atravessar o corguinho
com sua água de prata correndo em areia
branca e lajedo claro.
No barranco, a cruz, o pote, a lamparina.
Luz pequenina,
mal divulgada na grande luz do dia.
Lume, vago, pisca-piscando,
invocando as Almas no escuro da noite.
Na corrente os animais bebiam em sorvos
pelas cambas dos freios.
Os cães sedentos, arfantes, respingantes,

refrigerados,
conversavam do ouvido avivado
à vista do pote e da cruz.

Uma trela onceira farejou
seguindo o curso d'água.
Levantou pouco distante.
Caça grossa!... Ali!...

Paca, anta, capivara, seria...
Decidido, a trela perdia o faro.

Os caçadores meio atentos, displicentes,
queimavam seus palheiros.
Do mato vinha o acuo resguardado.

Um caçador chamou na trompa.
Respondeu o ganido desesperado do cão ferido.
O uivo agoniado da matilha atacada.

Os caçadores desmontaram.
Engatilhadas suas armas embaladas,
seguiram no rumo certo.

No fundo do mato, na trama
verde da ramaria cipoal, samambaias,
no escuro do embrejado uma cena inesperada.
Rolo negro, movediço, assanhado,
enlaçado ao pastor onceiro, quebrava os ossos ao
                                        primeiro.
O outro, preso à trela, gania
em ânsias de escapar.

Um, dois tiros. E o rolo negro, compressor,
cedeu nos seus volteios se rebolcando
pelos troncos.
O caçador cortou a trela.
Um pastor morto, quebrado.
O pastor vivo em tremuras de pavor,
arrepiado, vertendo inconsciente se arrastando, acovardado.

A gente do sítio correu no rumo dos tiros.
Viram a fera morta em contorções reflexas.
Falou o caçador: vocês daí, salvem o couro p'ra nós.
Na volta apanhamos, aproveitem o resumo p'ra sabão
que essa bicha tem graxa.
E se foram. Caçadores de onça...
O dia se fazia alto. Campos e matas
eram todo um alagado de sol.

A gente do sítio arrastou o tronco rola-rolando
para o descampado. Estiraram, palmearam.
Dezoito palmos bem medidos!

Por que razão obscura teria aquela besta-fera
se desgarrado do seu grupo longínquo e vencendo
as sombras do dia e o escuro da noite
vindo se aninhar naquelas cabeceiras inocentes?...

Os homens na esfola em conversas, pilhérias e risadas.
Estaquearam o couro como sabe fazer a gente da roça.
Voltaram ao carnal. Cortaram do baixo ao alto.
Viraram o debulho. Arrancaram os pulmões,
enormes, desconformes.
Cortaram, espostejaram.

Já as mulheres vinham com seus baldes, bacias e gamelas,
recolher os pedaços daquela carne branca e gordurosa
para o sabão caseiro. Os cães disputavam, rosnando,
agressivos, pedaços de bofe.

Findo o trabalho alguém se lembrou de romper o
                              [bucho alongado.
E o que estava ali, senhor?
Numa barrela escura, repulsiva espumosa – as
                              [tranças da Maria.
– Bem falou a velha Ambrosina.
A cartomante do baralho. O Guia do centro de Kardec...
Haviam de ter a seu tempo o destino de Maria.

Epílogo como nas estórias bem contadas:

E o que foi feito das tranças?
Deram ao Izé da Badia.

E o que fez delas o Izé?
Mandou trançar duas rédeas bem traçadas para seu cavalo
libuno, crinudo, espadas romanas cruzadas, cabo negro,
cavalo de vaquejadas.

Duas tranças primazia. Macias de luva-mão,
presas às cambas de seu freio niquelado,
em prata fina banhado. E o Izé tinha nas mãos,
todos os dias, o sedenho da sua noiva Maria.

Ode às Muletas

Muletas novas, prateadas e reluzentes.
Apoio singelo e poderoso
de quem perdeu a integridade
de uma ossatura intacta,
invicta em anos de andanças domésticas.
Muletas de quem delas careceu
depois de ter vencido longo
tempo e de ter dado voltas ao mundo
sem deixar a sua casa.

Andarilha que fui
de boas tíbias e justo fêmur,
jamais reumáticos.
Um dia o inesperado trambolhão,
escada abaixo.
Como sempre, as vizinhas
prestativas, maravilhosas correm.
Um vizinho possante
me levanta em braços
de gigante.

Uma ambulância.
Goiânia. Parentes à espera.
Filhos que chegam de longe.

A Clínica.
Por sinal que Santa Paula.
Médicos ortopedistas,
dos anos de meus netos.
Gente moça. Enfermeiras, atendentes.
Colegas fraturados.
Jovens e velhos, indistintamente.
Viveiro. Cultura de acidentados,
as estradas asfaltadas,
as ruas alegres da cidade,
as casas.
Desastrados meios de locomoção.
A ânsia incontida da velocidade.
A pressa da chegada – a mesa de operação.

A sala de cirurgia inapelavelmente branca.
A mesa estreita operatória.
Até o dia muito breve
da cirurgia eletrônica.

Agora: o soro, o oxigênio.
Picadas leves.
O branco invade o submundo sensitivo.

O bloqueio nervoso.
Nada mais. A omissão total.
O inconsciente, o inerte.

Atentos o anestesista,
o cardiologista.
Médicos amigos presentes
formam a corrente magnética,
vibratória, propiciatória.

O cirurgião, absoluto, corta.
Pinça, acerta, ajeita, aparafusa
plaquetas metálicas,
irmanando ossos fraturados.

Depois... a volta triunfal
à Vida.
Vida! Como és bela na ânsia
do retorno. Flores! Amigas.

A cadeira de rodas no pátio, ao sol.
A troca de cumprimentos.
Cordialidade entre quebrados.
A alta.

A casa humana, hospitaleira,
carinhosa e fraterna.
Abençoada casa de sobrinhos
superamigos.
Cheia de meninos,
daqueles do Evangelho
que se achegavam a Jesus.
Carinhosos no me trazerem
o copo d'água, a almofada.

As muletas fora de alcance.
Sutis no abrir e fechar portas.
Acender e apagar botões de luz.
Meus queridos meninos
do tempo de Jesus.
(Para vocês esta pequenina estrofe de carinho e gratidão.)

Muletas utilíssimas!...
Pudesse a velha musa
vos cantar melhor!...
Eu as venero em humilde gratidão.
Leves e verticais. Jamais sofisticadas.
Seguras nos seus calços
de borracha escura.
Nenhum enfeite ou sortilégio.
Fidelíssimas na sua magnânima
utilidade de ajudar a novos passos.
Um dia as porei de parte,
reverente e agradecida.

Seja de uma grande bênção
aquele que as criou
em hora sagrada. Inspiração do alto.

Vieram vindo devagarinho. Transformações
várias através dos séculos.
Foi bastão primeiro do indigente,
desvalido, encanecido, peregrino
em distantes romarias.
Varapau do serrano em agrestes serranias.
Bordão de frade penitente, mendicante.
Menestrel em tempos idos

194

tateando incertos passos.
Rapsodos descantando
romanças e baladas
pelos burgos, castelos, castelanias.
Cajado patriarcal de pastores,
santos e profetas.
Vara simbólica de autoridades
em remotas eras.

Subiu a dignidade eclesiástica
e foi o báculo episcopal.

Entrou no convívio social.
Bengala moderna, urbana, requinte
e complemento da juventude.
Estética e estilística dos moços.

Bengalão respeitável dos velhos,
encastoado em prata e ouro,
iniciais gravadas,
acrescentava algo ao ancião – respeito, veneração
aos seus passos tardos.

Bengala de estoque...
arma traiçoeira do malandro
e do sicário.
Bengalas de junco, de prata,
de marfim e de unicórnio...
encastoadas em ouro e pedras finas.

Subiu e galgou. Uso e desuso.
Modificada, acertada à necessidade humana

reaparece, amparo e proteção.
Transformação técnica,
— muletas ortopédicas.

Do primitivo bordão
à sua excelsa utilidade
e ao seu préstimo constante
e inexcedível,
eu as canto numa ode de imensa gratidão.

Bengala branca sem igual!
Quem não as viu um dia
sobrelevando a multidão
e deixou de atender ao seu sinal!...

Alçada pelo cego, ela faz
parar o trânsito
e atravessa incólume
ruas e avenidas das cidades
grandes num consenso
dignificante de beleza universal,
estabelecido pelos povos
civilizados na Convenção Internacional
de Proteção e Direito dos Cegos
de todo o mundo.
Mais do que as muletas
que nos dão apoio,
eu me curvo reverente ante
a bengala branca do cego
que é a própria luz de seus olhos mortos
em meio à multidão
vidente.

Ode a Londrina

*Ao Dr. Anivaldo Garcia de Morais e seus
"21 Irmãos Amigos" de Londrina*

Homens pioneiros
chegaram de longe
cheios de Fé.
Na terra vermelha,
no seio da mata,
na cova profunda
plantaram café.

Vanguardeiros.
Braços possantes
ergueram a cidade
na terra distante.

Homens vieram,
mulheres, meninas.
Casadas, solteiras,
perdidas e achadas.
Alvas. Morenas. Cafusas.
Mescladas.

Unidos, reunidos
criando a riqueza
nas terras escuras
roxo-vermelha do Paraná.

Planta. Replanta.
Trato. Colheita.
Peneiras. Terreiros. Poeira.
Carretas, machados, arados.
Serras. Serradores. Serrarias.
Toras, galhadas e troncos.
Machadeiros. Galpões.
Homens – mulheres – meninos.
Luta. Trabalho.
Terras – Norte do Paraná.

O chamado da terra.
O apelo da gleba.
O homem presente.
Londrina nasceu.
Londrina cresceu.
Baliza altaneira.
Porta-bandeira
levando um brasão.
Caminha adiante,
plantando cidades,
nas terras vermelhas
do Paraná.

Riqueza. Abastança. Cultura.
Seus homens unidos
lutando valentes

na terra feraz,
nem clamam, nem pedem.
Fartas ofertas,
as fontes abertas
– sugando.
Seus homens sorrindo,
suas sobras caindo,
num crivo sem fim.

O trigo dourando
a terra padrão.

Dizendo fartura,
certeza de pão.
A cana acamada
vestindo de verde
a terra lavrada.

Cafezais montam guarda
e mandam a mensagem
da terra vermelha –
do Paraná.

Entradas. Estradas.
Picadas, balizas
avançam pra frente.
Rodagens. Asfalto.
Carroças. Carretas. Tratores.

Apitos de usinas.
Motores. Vapores.

199

Criadores. Currais.
Riqueza que espelha
a terra vermelha
do Paraná.

Giram-girando
às voltas do sol
os campos floridos
dos girassóis.
O rami alastrado,
conjugado
ao verde entonado
das amoreiras.
E os grandes ranchões
do bicho-da-seda
fiando a riqueza
da terra vermelha
do Paraná.

No fim a estória contada,
a estória acabada.
O Pioneiro – vencedor e vencido
já velho e abatido,
descansa caído
vestindo a mortalha
da terra vermelha
que bem trabalhou.

Mulher da Vida

*Contribuição para o Ano
Internacional da Mulher, 1975.*

Mulher da Vida,
Minha irmã.

De todos os tempos.
De todos os povos.
De todas as latitudes.
Ela vem do fundo imemorial das idades
e carrega a carga pesada
dos mais torpes sinônimos,
apelidos e apodos:
Mulher da zona,
Mulher da rua,
Mulher perdida,
Mulher à toa.

Mulher da Vida,
Minha irmã.

Pisadas, espezinhadas, ameaçadas.
Desprotegidas e exploradas.
Ignoradas da Lei, da Justiça e do Direito.

Necessárias fisiologicamente.
Indestrutíveis.

Sobreviventes.
Possuídas e infamadas sempre
por aqueles que um dia
as lançaram na vida.
Marcadas. Contaminadas.
Escorchadas. Discriminadas.

Nenhum direito lhes assiste.
Nenhum estatuto ou norma as protege.
Sobrevivem como a erva cativa
dos caminhos,
pisadas, maltradas e renascidas.

Flor sombria, sementeira espinhal
gerada nos viveiros da miséria,
da pobreza e do abandono,
enraizada em todos os quadrantes
da Terra.

Um dia, numa cidade longínqua, essa
mulher corria perseguida pelos homens
que a tinham maculado. Aflita, ouvindo
o tropel dos perseguidores e o sibilo
das pedras,
ela encontrou-se com a Justiça.

A Justiça estendeu sua destra poderosa
e lançou o repto milenar:
"Aquele que estiver sem pecado
atire a primeira pedra".

As pedras caíram
e os cobradores deram as costas.

O Justo falou então a palavra
de equidade:
"Ninguém te condenou, mulher... nem
eu te condeno".

A Justiça pesou a falta pelo peso
do sacrifício e este excedeu àquela.
Vilipendiada, esmagada.
Possuída e enxovalhada,
ela é a muralha que há milênios
detém as urgências brutais do homem
para que na sociedade
possam coexistir a inocência,
a castidade e a virtude.

Na fragilidade de sua carne maculada
esbarra a exigência impiedosa do macho.

Sem cobertura de leis
e sem proteção legal,
ela atravessa a vida ultrajada
e imprescindível, pisoteada, explorada,
nem a sociedade a dispensa
nem lhe reconhece direitos

nem lhe dá proteção.
E quem já alcançou o ideal dessa mulher,
que um homem a tome pela mão,
a levante, e diga: minha companheira.

Mulher da Vida,
Minha irmã.

No fim dos tempos.
No dia da Grande Justiça
do Grande Juiz.
Serás remida e lavada
de toda condenação.

E o juiz da Grande Justiça
a vestirá de branco
em novo batismo de purificação.
Limpará as máculas de sua vida
humilhada e sacrificada
para que a Família Humana
possa subsistir sempre,
estrutura sólida e indestrutível
da sociedade,
de todos os povos,
de todos os tempos.

Mulher da Vida,
Minha irmã.

*Declarou-lhes Jesus: Em verdade vos digo que publicanos
e meretrizes vos precedem no Reino de Deus.*
Evangelho de São Mateus 21, 31.

A Lavadeira

Essa Mulher...
Tosca. Sentada. Alheada...
Braços cansados
descansando nos joelhos...
olhar parado, vago,
perdida no seu mundo
de trouxas e espuma de sabão
— é a lavadeira.

Mãos rudes, deformadas.
Roupa molhada.
Dedos curtos.
Unhas enrugadas.
Córneas.
Unheiros doloridos
passaram, marcaram.
No anular, um círculo metálico
barato, memorial.

Seu olhar distante,
parado no tempo.

À sua volta
— uma espumarada branca de sabão.

Inda o dia vem longe
na casa de Deus Nosso Senhor,
o primeiro varal de roupa
festeja o sol que vai subindo,
vestindo o quaradouro
de cores multicores.

Essa mulher
tem quarentanos de lavadeira.
Doze filhos
crescidos e crescendo.

Viúva, naturalmente.
Tranquila, exata, corajosa.

Temente dos castigos do céu.
Enrodilhada no seu mundo pobre.

Madrugadeira.

Salva a aurora.
Espera pelo sol.
Abre os portais do dia
entre trouxas e barrelas.

Sonha calada.
Enquanto a filharada cresce
trabalham suas mãos pesadas.

206

Seu mundo se resume
na vasca, no gramado.
No arame e prendedores.
Na tina d'água.
De noite – o ferro de engomar.

Vai lavando. Vai levando.
Levantando doze filhos
crescendo devagar,
enrodilhada no seu mundo pobre,
dentro de uma espumarada
branca de sabão.

Às lavadeiras do Rio Vermelho
da minha terra,
faço deste pequeno poema
meu altar de ofertas.

Lenheiro – *Cidade de Goiás.* "Amo esses burros de lenha, arrochados na sua carga, no range-range das cangalhas. E aquele menino, lenheiro ele, salvo seja. Pequeno para ser homem forte para ser criança."

Cora Coralina, Becos de Goiás.

O Cântico da Terra

Hino do Lavrador

Eu sou a terra, eu sou a vida.
Do meu barro primeiro veio o homem.
De mim veio a mulher e veio o amor.
Veio a árvore, veio a fonte.
Vem o fruto e vem a flor.

Eu sou a fonte original de toda vida.
Sou o chão que se prende à tua casa.
Sou a telha da coberta de teu lar.
A mina constante de teu poço.
Sou a espiga generosa de teu gado
e certeza tranquila ao teu esforço.
Sou a razão de tua vida.
De mim vieste pela mão do Criador,
e a mim tu voltarás no fim da lida.
Só em mim acharás descanso e Paz.

Eu sou a grande Mãe universal.
Tua filha, tua noiva e desposada.

A mulher e o ventre que fecundas.
Sou a gleba, a gestação, eu sou o amor.

A ti, ó lavrador, tudo quanto é meu.
Teu arado, tua foice, teu machado.
O berço pequenino de teu filho.
O algodão de tua veste
e o pão de tua casa.

E um dia bem distante
a mim tu voltarás.
E no canteiro materno de meu seio
tranquilo dormirás.

Estribilho

Plantemos a roça.
Lavremos a gleba.
Cuidemos do ninho,
do gado e da tulha.
Fartura teremos
e donos de sítio
felizes seremos.

A Enxada

*Paráfrase de um conto de
Bernardo Elis*

Piano carece de uma enxada.
Vai ao padre.

– Seu padre, m'impresta uma enxada.
Tou carecendo demais.
– Tinha. Tem mais não.
Outro levou. Nem sei quem.

– Seu vendeiro, me vende uma enxada.
Fiado. Na colheita lhe pago.
– Tem não. Sei bem como são.

– Minha gente do porco,
me prouve uma enxada.
Caco que seja me serve.
– Tem não.
– Aquela acolá,
pinchada, m'impresta.
– Essa não, é do minino brincá.

212

– Bão dia, patrão.
Vim buscá sua semente, plantá.
– Leva, preguiçoso, ladrão.
– Preguiçoso, ladrão, num sou não.
Vou plantá seus arrôis.
Inté amenhã tá tudo plantado.
No rancho não tem decumê.
Somente guarapa fria de rapadura.

O bobo regogou,
rugido de fome.
Barriga vazia.

Piano, calado, puxou manso
beira baixeiro.
Enrodilhou.
Sono canino sonhou.
Espeto de carne pingando na brasa.
Farinha bem cheia de monte.
Panela de arrôis gordurando.

Enxada! Tanto de enxada
entrando no rancho!
Enxada encabada, sem cabo.
Libra e meia, duas libras,
duas caras de marca,
tinindo de novas, lumiando,
relanciando, dadas de graça
pra escolhê.

Piano acordou.
Manhã, nem.

Lua no alto parada no céu.
Passarinho dormindo,
o mato dormindo.
O saco nas costas,
caminho da roça,
patrão muquirana, acredos!

E baixou, bicho no chão
e furou
e plantou,
agachado, arrastando.
Toco de pau. Toco de braço.

Coragem de pobre,
seu medo de pobre
furando,
plantando
arrôis do patrão.

Prazo vencido.
Pua de pau furava.
Toco de dedo sangrava,
plantava.
O dia ia alto,
alto ia o sol,
tinia de quente.
Passarinho cantava.
Deus do céu espiava.
Tudo, quasinho acabado.
Roça furada,
plantada.
Um toco de pau,

214

um toco de braço,
cinco puas de dedos,
feridos na carne.
Restinho de arrôis
no fundo do saco.

Eis chegam dois ferrabrases.
Jagunços mandados, armados.
Patrão mandou vê...

Piano aprazível:
— Nhorsim. Arrôis já plantado.
Coisinha de nada
sobrando no fundo do saco
indoje plantado.

Os dois ferrabrases:
— Patrão mandô exemplá ocê.
Risca ligeiro, na frente.

Pou!
um tiro estrondou.

Passarinho assustou,
não cantou.
Atrás do toco
Piano acabou.

A roça plantada.
Semente de arrôis
tiquinho de nada
sobrado no fundo do saco.

215

– Alvíssaras, patrão!
Serviço benfeito.
Ninguém viu nada.
Ninguém falou nada.
Sua roça plantada
com toco de pau.
Piano caído de toco na mão.
Alvíssaras, patrão!
Seu mando benfeito.

Patrão, sossegadão:
– Assim se pune
preguiçoso, ladrão.

No meio da roça
Piano já frio.
Sangue coalhado no chão.
Formigas em festas fartando.
Restinho de arrôis
no fundo do pano,
passarinho cantando.

Tempos passados...
na festa da vila.
Fogos queimando,
estourando,
bandinha tocando,
meninos brincando,
foliando.
Viram quando
velha aleijada,
amontada na cacunda do bobo

esmolando.
Gritaram, vaiaram:
– Tomove! Tomove!

Da porta do boteco
alguém reparou:
– A mó qui é gente do Piano...

Pedras jogadas,
risadas.
Crianças correndo,
com medo.
Os abantesmas...
O bobo espantado
com a mãe na cacunda
montada
virou pra trás.
Roeram sua fome,
miséria, aleijume
no fundo do mato.

Os compadres
proseando de manso:
– E a roça de arrôis,
saiu bem?
– Patrão colheu tudo.
Num ficou satisfeito,
mandou ferrabrais
no rancho do desinfiliz
arrecadá algum leitão magro,
galinha de pinto que fosse,
ajutorá pagamento restante.

217

Os home chegaro,
viro miséria:
o mudo,
a veia aleijada.
Metero deboche:
se era casado,
marido e muié.
O bobo infezou,
sabe cumo é, bobo infezado.
Garrou porrete,
escorou,
sem midi fraqueza.
Os barzabu isso quiria.
Dero piza.
Só num quebraro de tudo
que a veia se arrastando
pidia pru amô de Deus
deixasse o fio,
sua valença.

Em antes,
derrubaram o rancho,
dero fogo.
O tonto,
co'a mãe na cacunda
ganharo o mato
e foro saí na toca
da Grotinha.
Lá se intocaro
co's mulambo do corpo.

– E cumo véve, cumpadre?
– Deus dá.
Tendo água de bebê
e fogo pra esquentá
isso pobre veve muito.

Aleijado, cego e bobo
é nação de gente vivedô,
duença num entra neles.

Diz que lá, em tempos,
tinha inté pexe bagre na cacimba.
Alimparo tudo.
Num tem mais nem inseto.
Passou lá o Militão,
o veio raizero,
inté posô.
Deu conceio.
Espiritou o bobo fazê tocaia
na grota da noite,
sentá porrete,
bicho miúdo com sede,
cutia, preá, cachorrinho-do-mato,
inté ratão.
Deu certo. Muqueia, sapeca,
num passa fome não.
Insinô a fazê arapuca
pegá passarinho.
Deu.

– Agora, cumpadre,
tão contano visage.
Lá na roça tem vela acendida
na cabeça dos toco,
diz qui o sufragrante
tá fazeno milagre.
Já viro, das veiz,
cavoucando, gemendo.
Diz qui deu carrera
em gente viva.

– E os quinhoado
levam sustento,
algum trapo de cubri?

– Isso num informo, cumpadre.
Mais o processo qui o Juiz
abriu deu in nada.
E o delegado feiz diligença,
num teve testemunha,
diz que num foi crime.
Morte de acauso,
os home caçava era tatu.
Viro um rebolo no chão,
dero tiro de longe,
acertaro no desinfiliz.

Aí, andaro na lei.
Levantaro o cadave,
mandaro intregá
pra famia fazê sepurtamento.

– E daí, cumpadre?
– Um crente piedoso sidueu.
Levou carroça de noite,
meteu o falicido num saco,
tocou pra vila,
deixou no portão do sumitero.

– Bamo chegando pra frente, cumpadre.
Musca tá chamando nós.

A Outra Face

Tudo deserto.
Alguém sozinha
na noite
no frio
procurando os berços
que já não cabem os meninos.
Eles cresceram tanto
que já não cabem nos berços.
Outras crianças virão?
Já não se precisa de berços?
Onde estão as criancinhas?
Indesejáveis, por aí...
nas creches.

Há um guerreiro caído.
Há cem guerreiros caídos.
Milhares de guerreiros em fuga.
A terra dura contaminada.
Os trigais perdidos.
O pão queimado,
esquecido no forno.

A erva está envenenada.
As fontes poluídas.

Não há mais verdes,
nem heróis nem nada.
Os ventres estão infecundos.
Os lares abandonados.
As trompas foram silenciadas.
Filhos... pílulas.
Terror. Terroristas.
Violência. Violentos.
Assaltos. Assaltantes.
Sequestros. Sequestradores.
Drogados...
Onde estão eles?

Um estrondo abala a terra.
A última bomba?
Não, a explosão demográfica.
Faz medo na vastidão
rarefeita
de oito milhões
de quilômetros quadrados.
Talvez na manhã do amanhã
um óbice à rapinagem.

... e disse o Criador:
Crescei e multiplicai-vos.
Enchei a terra
até os seus confins.

Veio Malthus:
Limitai os filhos.

Planejai a família
como qualquer empresa.
Haverá mais bocas
para comer
do que abastos para ser comido.

A retaguarda é grande
e os condutores incertos
dentro de oito milhões
de quilômetros vazios.

O vale da vida
está ressecado.
As trompas obstruídas.
A semente infértil
no campo árido.
O lar superado.
As mulheres desligadas.

Filhos por acaso, clandestinos
forçarão barreiras,
múltiplos obstáculos.
Toda gestação será de risco.
Limitações sofisticadas.
A mulher, não mãe, maternidade.
Operária. Funcionária.
Gerente gerenciando,
computando perdas e ganhos
alheios,
igualando, superando,
vitoriosas, tumultuadas.
A neurose que vai se alargando.

224

Mestres mestreiam as mães
a se negarem aos filhos.
Esterilizam as fontes geratrizes.
Estimulam o Eros.
Sofismam. Virgindade,
família – anacronismos.
Os antigos valores descartados.
O medo coletivo de ser quadrado.
O vale da vida
será ressecado.

Subdesenvolvidos.
Subnutridos.
Subalimentados.

Submissos.
Subversivos.
Sub. Sub. Sub.

Um estrondo abala a terra.
A última bomba?
Ainda não.
A explosão demográfica.

Menor Abandonado

*Versos amargos para o
Ano Internacional da Criança, 1979.*

De onde vens, criança?
Que mensagem trazes de futuro?
Por que tão cedo esse batismo impuro
que mudou teu nome?

Em que galpão, casebre, invasão, favela,
ficou esquecida tua mãe?...
E teu pai, em que selva escura
se perdeu, perdendo o caminho
do barraco humilde?...

Criança periférica rejeitada...
Teu mundo é um submundo.
Mão nenhuma te valeu na derrapada.

Ao acaso das ruas – nosso encontro.
És tão pequeno... e eu tenho medo.
Medo de você crescer, ser homem.
Medo da espada de teus olhos...

Medo da tua rebeldia antecipada.
Nego a esmola que me pedes.
Culpa-me tua indigência inconsciente.
Revolta-me tua infância desvalida.

Quisera escrever versos de fogo,
e sou mesquinha.
Pudesse eu te ajudar, criança-estigma.
Defender tua causa, cortar tua raiz
chagada...

És o lema sombrio de uma bandeira
que levanto,
pedindo para ti – Menor Abandonado,
Escolas de Artesanato – Mater et Magistra
que possam te salvar, deter a tua queda...

Ninguém comigo na floresta escura...
E o meu grito impotente se perde
na acústica indiferente das cidades.

Escolas de Artesanato para reduzir
o gigantismo enfermo
da criança enferma
é o meu perdido S.O.S.

Estou sozinha na floresta escura
e o meu apelo se perdeu inútil
na acústica insensível da cidade.
És o infante de um terceiro mundo
em lenta rotação para o encontro
do futuro.

Há um fosso de separação
entre três mundos.
E tu – Menor Abandonado,
és a pedra, o entulho e o aterro
desse fosso.

Quisera a tempo te alcançar,
mudar teu rumo.
De novo te vestir a veste branca
de um novo catecúmeno.
És tanto e tantos teus irmãos
na selva densa...

E eu sozinha na cidade imensa!
"Escolas de ofícios Mãe e Mestra"
para tua legião.
Mãe para o amor.
Mestra para o ensino.

Passa, criança... Segue o teu destino.
Além é o teu encontro.
Estarás sentado, curvado, taciturno.
Sete "homens bons" te julgarão.
Um juiz togado dirá textos de Lei
que nunca entenderás.
– Mais uma vez mudarás de nome.
E dentro de uma casa muito grande
e muito triste – serás um número.

E continuará vertendo inexorável
a fonte poluída de onde vens.

Errante, cansado de vagar,
dormirás como um rafeiro
enrodilhado, vagabundo, clandestino
na sombra das cidades
que crescem sem parar.

Há um fosso entre três mundos.
E tu, Menor Abandonado,
és o entulho, as rebarbas e o aterro
desse fosso.

Acorda, Criança,
Hoje é o teu dia... Olha, vê como brilha lá longe,
na manchete vibrante dos jornais,
na consciência heroica dos juízes,
no cartaz luminoso da cidade,
o ANO INTERNACIONAL DA CRIANÇA.

Casa da Câmara e Cadeia Pública – Cidade de Goiás. Atualmente Museu das Bandeiras.

Oração do Pequeno Delinquente

Fazei, Senhor, presente
a razão dos que me julgam,
que enquanto os filhos de pais abastados
tinham escolas escolhidas,
alimentos, recreação, carinho e brinquedos,
eu, filho de pais ignorantes e pobres,
era criança marginalizada,
perdida pelas ruas,
detida no pátio das Delegacias
driblando os guardas,
solerte e malandrim
às voltas com o Juizado de Menores.
Eu tinha fome.
Sonhava com um bife bem grande.
Um pastel enorme, uma fruta.
Um doce sem tamanho.
Eu era Menor Abandonado.
Correndo dos guardas
sozinho, sem escola e faminto.
Meu Deus, acordai o coração dos meus juízes.
Senhor, dai idealismo às autoridades

para que elas criem em cada bairro
pobre de Goiânia
uma Escola conjugada Profissional
e Alfabetização para os meninos pobres,
antes que eles se percam pelo abandono
e por medidas inoperantes e superadas dos que tudo
[podem.
Mobral... Dai um Mobral
à criança que não teve lugar
na Escola Primária ou deixou
de a frequentar por falta de uniforme,
de livros e de cadernos e taxas
escolares.
Enquanto houver no meu País
uma criança sem escola
haverá sempre um adulto se evadindo
de um Mobral. Aumenta o número
de adultos analfabetos na razão
direta da criança sem escola,
aumenta a criminalidade jovem
na razão direta do Menor Abandonado,
infrator, corrompido, delinquente
a caminho da criminalidade do adulto
pela falta de escolas profissionais,
escolas de salvação social.

Oração do Presidiário

Senhor Deus, dai-me o que preciso, melhor sabeis do que eu, perdido e só na malha dos meus erros, cego para o conhecimento da Vossa Vontade.

Acertai, Senhor, os meus passos como acertastes um dia os passos errados de Paulo de Tarso, na estrada de Damasco.

Fazei com que dentro desta casa de espera e correção, eu possa ter aberto os olhos da minha inteligência para os ensinamentos que recebo, que eu possa alcançar o benefício da minha condenação cumprindo a pena que me foi imposta.

Fazei que eu sinta a Vossa misericórdia presente me trazendo a esta reclusão que me salva de continuar no crime e me assegura a esperança da liberdade, me ajuda, me alimenta e me concede um ambiente de saúde, asseio, ordem, disciplina, aprendizado e recuperação.

Fazei, Jesus, que eu sinta a Vossa Justiça de estar aqui, embora segregado, em vez de estar num manicômio ou numa Casa de Inválidos, irremediavelmente condenado e sem esperança.

Abri meus olhos cegos para o que esta reclusão possa despertar em mim de vida interior e me leve à sabedoria de melhor viver dentro ou fora destas paredes.

Que eu, mesmo limitado, possa ajudar meus companheiros menos esclarecidos.

Ajudai-me, Jesus, a viver em Paz esse tempo de reclusão e alcançar suas vantagens na minha cura moral.

Que eu tenha minha solidão aberta ao entendimento das belezas da Vida honesta, dentro destes altos muros, que eu possa respeitar as ordens superiores e cooperar com a disciplina.

Que a minha conduta seja irrepreensível e eu sinta o apoio interior da Vossa Presença, domando a minha personalidade rebelde.

Que eu saiba aproveitar o tempo desta detenção na cura e regeneração dos meus erros.

Senhor, dai-me os dons do Espírito Santo para esclarecimento de minha personalidade oclusa:

Fortaleza para viver como ser humano dentro de uma prisão.

Sabedoria para aceitar a Justiça com que fui julgado.

Bom Conselho para orientar meus companheiros obcecados, sem o sentimento da própria culpa.

Caridade para os que dela carecem.

Paciência para viver minhas limitações.

Inteligência para ser digno no meu apagamento, humilde sem nunca me sentir humilhado.

Meu Deus, concedei à minha consciência obtusa compreender de que devo cumprir com exatidão a pena a que fui condenado e tentar sempre minorar essa pena pelo comportamento exemplar.

Que possa esclarecer aos meus companheiros que a fuga nem sempre alcança o fim desejado, o retorno enfraquece a moral com a revolta e a desilusão.

Dai-nos a compreensão de que o detento que alcançou a evasão e volta recapturado não estava preparado para fazer válida sua Liberdade.

Senhor, fazei presente e viva a minha consciência de que fui criado à Imagem e Semelhança de Deus. Que eu possa, na vida que me resta, honrar essa Imagem e dignificar essa Semelhança. Homem sou, direi todos os dias. Pela graça do Espírito Santo, fazei de mim um Homem Novo, mesmo dentro deste presídio.

Senhor Deus, o bem maior que destes à criatura humana foi a Liberdade.

Dai-me, Senhor, o que eu preciso. Ajudai-me a conquistar essa liberdade restringida pelo caminho da regeneração e pela esperança de me renovar como Paulo um dia se renovou na Estrada de Damasco.

Meu Deus, viestes ao mundo para a salvação de muitos.

Fazei de mim, não um número suspeito dentro de um presídio e sim que eu possa reconquistar a dignidade do nome que no Batismo me foi dado.

Meu Jesus, viestes ao mundo para os doentes. É a letra e o espírito do Evangelho. Eu sou esse doente. Curai-me de minhas culpas. Dai-me o remédio da Regeneração.

Jesus, dissestes um dia ao Paralítico da Porta das Ovelhas: Levanta, toma teu catre, vai e mostra-te aos Sacerdotes.

Senhor, eu sou aquele doente, paralítico de meus erros e clamo pela Vossa voz: Levanta, lava-te de tuas culpas, vai e mostra-te aos Juízes.

Cora Coralina
Da Academia Feminina de Letras e Artes de Goiás.
(Cidade de Goiás, Natal de 1977.)

Índice

Importante Saber 7
Cora Brêtas – Cora Coralina 9
Cora Coralina, Professora de Existência....................13
Duas Palavras Especiais 21
Este Livro 23
Ao Leitor 25
Ressalva..27

PRIMEIRA PARTE

Todas as Vidas..31
Minha Cidade..34
Antiguidades 38
Vintém de Cobre (*Freudiana*)......................................44
Estória do Aparelho Azul-Pombinho........................49
Frei Germano..56
A Escola da Mestra Silvina 61
O Prato Azul-Pombinho..66
Nota..75
Rio Vermelho 79

Velho Sobrado 84
Becos de Goiás...92
Do Beco da Vila Rica 96
O Beco da Escola 108
Caminho dos Morros....................................112
O Palácio dos Arcos 120
A Jaó do Rosário...125
Evém Boiada!..130
Trem de Gado 136
Pouso de Boiadas..140
Cântico de Andradina....................................147
Cidade de Santos..151
Oração do Milho 156
Poema do Milho 158
Minha Infância (*Freudiana*) 168

SEGUNDA PARTE

As Tranças da Maria 179
Ode às Muletas...191
Ode a Londrina...197
Mulher da Vida 201
A Lavadeira 205
O Cântico da Terra 210
A Enxada..212
A Outra Face...222
Menor Abandonado 226
Oração do Pequeno Delinquente....................232
Oração do Presidiário 234

A obra de Ana Lins dos Guimarães Peixoto Brêtas (1889-1985), Cora Coralina, é um dos marcos recentes de nossa literatura.

Nascida em Goiás, em 1889, Cora teve uma trajetória literária peculiar. Embora escrevesse desde moça, tinha 76 anos quando seu primeiro livro foi publicado, e quase noventa quando sua obra chegou às mãos de Carlos Drummond de Andrade – responsável por sua apresentação ao mercado nacional. Desde então, sua literatura vem conquistando crítica e público.

Cora Coralina não se filiou a nenhuma corrente literária. Com um estilo pessoal, foi poeta e uma grande contadora de histórias e coisas de sua terra. O cotidiano, os causos, a velha Goiás, as inquietações humanas são temas constantes em sua obra, considerada por vários autores um registro histórico-social deste século.

Carlos Drummond de Andrade escreveu a Cora Coralina:

Rio de Janeiro,
14 de julho, 1979

Cora Coralina

Não tendo o seu endereço, lanço estas palavras ao vento, na esperança de que ele as deposite em suas mãos. Admiro e amo você como a alguém que vive em estado de graça com a poesia. Seu livro é um encanto, seu lirismo tem a força e a delicadeza das coisas naturais. Ah, você me dá saudades de Minas, tão irmã do teu Goiás! Dá alegria na gente saber que existe bem no coração do Brasil um ser chamado Cora Coralina.

Todo o carinho, toda a admiração do seu

Carlos Drummond
de Andrade